講談社文庫

# 私、産まなくていいですか

甘糟りり子



講談社

私、産まなくていいですか　目次

# 私、産まなくていいですか

# 第一話　独身夫婦

# 1

由比《ゆい》ヶ浜《はま》の砂浜では重機が忙《せわ》しなく動き、次々と海の家を壊していく。ところどころ陽は差しているものの大きな雲がゆっくりと動いており、灰色の空が海に覆《おお》い被《かぶ》さっていた。工事の業者以外はサーフボードを抱えた男女が数名、柴犬の散歩をしている女性が一人。ほんの数日前まで押し寄せていた海水浴客たちはもういない。九月になると、ここは元の場所に戻る。

一雨きそうだなと思いながら、今村美春《いまむらみはる》は緑色のビーチサンダルのまま波打ち際を歩いた。くるぶしの辺りを波がくすぐる。

鎌倉《かまくら》に越して四年。暮らしている間に、夏よりも夏から秋に変わるこの季節が好きになった。晴れの日よりも曇りの日の空の色に心を寄せるようになった。

今日はパートナーの四十歳の誕生日。朋希《ともき》は美春の一つ年上だ。

砂浜から海岸線に登る階段の途中に腰掛け、小さなタオルで足の砂を払う。階段の上の踊り場には自転車が停まっていた。若い女の子が自転車からサーフボードを下ろし、それを抱えて勢いよく階段を下りていく。あっという間に海に入り、ボードに腹ばいになり、上手に波を避《よ》けながら沖へと漕《こ》いでいった。彼女が一本波に乗るのを見届けてから、海岸を離れた。

由比ヶ浜海岸の近くの鈴木屋《すずきや》酒店は、ナチュールとも呼ばれる自然派ワインが充実している。かつては日本酒やビールを配達するいわゆる町の酒屋さんだったそうだが、代替わりしてナチュール中心の店となった。顔見知りの店員にいくつかおもしろそうなものを紹介してもらい、五本ほど購入した。今晩のディナーのための買い物はこれで全部済ませた。海沿いのホテルに勤めている美春は週末に出勤することが多いので、水曜日の今日はその代休だった。

自宅に帰り、料理を始める前に庭のミントを摘《つ》み、蜂蜜《はちみつ》入りのミントティーを味わった。小さな庭にはいくつかプランターがあって、その時々気に入ったハーブを育てている。簡単な土いじりはあわただしい美春と朋希の気分転換の一つだ。

四十という年齢をからかうようなメニューを考えていた。自家製のトマトソースで作るナポリタン、鹿肉のハンバーグ、葉唐辛子《はとうがらし》入りのポテトサラダ。子供が好きそうなお子様ランチ的なものをあえて大人っぽく作る。プリンはキャラメルをうんと焦《こ》がす。そこにカラフルな蠟燭《ろうそく》をたくさんたてるつもりだ。

テーブルには生成《きな》り色のコットンのクロスを敷き、秋らしい焦茶《こげちゃ》色のテーブルセンター。花ではなく猫じゃらしとススキをガラス鉢にいけ、大きさの違う紺色のキャンドルを五本並べる。ホテルではウエディングやパーティーの企画運営の担当をしているので、テーブルセッティングは慣れている。

冷蔵庫の中でプリンも固まる頃、朋希が帰宅した。シャワーを浴び、パタゴニアのTシャツに着替えてきたところで、ディナーを始めた。

ワインは「Si Rose」というオレンジワインだ。ラベルには骨格見本が薔薇《ばら》を口に咥《くわ》えている絵があって、肝臓のところが赤くなっている。肝硬変を意味するフランス語「cirrhose」とかけたシャレなのだそう。四十歳ともなるとそろそろ健康を気にしなくてはならないという天からのメッセージと伝えると、朋希が大笑いをした。

「そっかー。そろそろ人間ドックとかやった方がいいのかなあ。僕もすっかりおじさんだなあ」

「おじさんといえばおじさんだけれど、これからぐっと味わいが出てくるお年頃だともいえるんじゃない。夏真っ盛りより、夏から秋に変わる季節のが味わい深いでしょ。それと同じこと」

朋希は大人仕様のお子様メニューを喜んで平らげた。プリンを出す前に、美春は隠しておいたプレゼントを出した。ライカのM11。モノクローム専用の最新モデルだ。仕事で交流のある写真家がアシスタントの手違いで二台購入してしまったとかで、格安で譲ってくれたのだ。わざとくしゃくしゃにした仏語新聞でラフに包んだそれを、じゃじゃーんと声を出してから、うやうやしく朋希に渡した。

中を確認した朋希は困惑した表情になった。

「え？　何？　これ」

「節目の歳だから、奮発しちゃった」

「奮発って、これレンズ合わせたら三桁超すでしょ……」

美春が手に入れたいきさつと半額近くだったことを話しても、朋希は困った顔のままだった。美春は明るくいった。

「昔は写真家になりたかったんでしょ。これからプロを目指せばとはいわないけれど、そろそろやりたいことを一つずつ片付けて行ったほうがいい年頃かなあと思って。これで思い切り撮ってよ。朋希が見た景色を」

「うん……。そうだね」

「あんまり、うれしそうじゃないよね？」

「いや、そんなことはないけど」

「けど、何？」

「なんていうか、ライカはもちろん魅力的だしうれしいんだけれど、でも、ほら、まとまったお金は家の改修に回さなきゃいけないんじゃないかなあとも思うわけ。前から相談しているように門もガタピシしてきてるし、美春はお風呂も直したいっていってたじゃん」

「それはそうだけど、お誕生日プレゼントがお風呂の改修なんてさびしいでしょう。そのうち直せばいいじゃない。どうしたのよ。急に守りに入ったようなこといい出して」

「守りに入るとか、そんなつもりじゃないよ。何はともあれ、ライカ、ありがとう」

朋希はライカの電源を入れて、美春に向けて構えた。

「ごめん、メモリーカードは入れてない。それは自分でお願いしまーす」

「そっか。ＯＫ」

そういいつつも、朋希はファインダー越しにこちらを見つめた。美春はおどけて、ポーズを決めてみせたが、心にはメモリーカードを入れておけばよかったという後悔が広がった。まさかライカをプレゼントして盛り下がるとは思わなかった。

今村朋希はライカM11の感触に心を躍らせながらも、ついそのお金でずいぶん家を直せたのに、と考えてしまう。鎌倉山《やま》のはずれのこの家は、上空から見ると葉っぱの形をした変わった家だ。それに合わせて外壁は全て曲線で構成されている。今ではすっかり売れっ子となった建築家の井崎大山《いざきたいざん》が、まだ無名の若手時代に建てた個人宅だ。帰宅した時にこの家を目にすると、自分たちの暮らしを愛《いと》おしく思う。

四年前、美春が海沿いのホテルに転職したのをきっかけに、海のそばで暮らしてみることになった。鎌倉市内のマンションを探したが、なかなか気に入った物件は見つからなかった。戸建ても視野に入れているうちに「物件の下見」という名目の観光と化してしまい、不動産屋の担当者も変わった建築や古い洋館や日本家屋などを紹介してくるようになった。気まぐれで人気建築家の初期作品を見に行き、朋希が一目惚《ぼ》れしてしまったのだ。リフォームを得意としている建築事務所で営業職をしている朋希は、大山のファンである。マンションならひとまず賃貸のつもりだったが、ローンを組み、二人でこの一軒家を購入した。有名建築家の作品ととらえればかなりのお買い得だし、交通の便のよくない築三十年の一軒家ととらえればそうでもないともいえる価格だった。

広いリビングが一つ、ベッドルームが一つ、収納棚は曲線を描く廊下の所々に設けてあった。実用性は低く、暮らしやすい家ではない。購入前、二人で改めて人生設計について話し合った。人生設計なんていうと大げさだが、二十年はここに住むつもりで引っ越す、車は燃費の良いハイブリッド車に買い替える、電子レンジは必要だけれどテレビは要らない、そんなライフスタイルに関わる様々なことを擦り合わせた。その時も「子供は作らない」という意思確認をした。

子供については籍を入れる前にも充分話し合った。特に理由はない。美春は子供が嫌いなわけではないが、自分で産むつもりはないそうだ。

「産みたくないことにどうして理由がなくちゃいけないんだろう？　欲しくない、ただそれだけなの。欲しいことに理由はいらないのに、欲しくないことに言い訳を考えなくちゃいけないなんて理不尽だと思う」

朋希は若い頃からありきたりな生き方をしたくないと考えていた。大学を卒業したらできるだけ「いい会社」に就職して、中年になる前に結婚して、ある程度の年齢になったら子供ができて、だんだんと年老いていく、そんな当たり前な流れに乗りたくない。美春のいい分も大いに納得できたし、だからこそ彼女と歩んでいこうと決めたのだ。

きっと一人暮らしか二人暮らしを想定して造られたこの家の購入は、子供を作らない未来をより強固なものにすることだった。

しかし。しかし、である。

朋希は四十歳という分岐点に立ってみて、もっと年老いた時に子供のいない人生を後悔しないかどうか、自信がなくなった。区切りの年齢を分岐点にするなんて、それこそ当たり前でダサいとは思うけれど、これが歳を取るということなのかもしれない。急に子供が欲しくなったのではなく、ずっと先まで、今と同じ気持ちを維持し続けられるのか、自分でもわからない。

キッチンに戻った美春が巨大なプリンを持ってきた。色とりどりの蠟燭には火が灯《とも》っている。太いものが三本、細いものが十本。合計で四十というわけか。これから先もまた四十年ぐらいの時間が自分を待っているのだなあと思いながら、蠟燭の火を吹き消した。苦みも甘さも同じだけあるプリンはおいしかった。美春は再びワイングラスに手を伸ばしながら、楽しそうにいった。

「写真以外に、何かある？　後悔しないように今しておくこと。せっかく鎌倉に住んでるんだから、サーフィン始めちゃう？　それか、旅行したい場所とかある？」

朋希もワインを一口飲んでから言葉を続けた。

「この間、美春に、後悔しないように生きようっていわれて、僕なりに考えてたんだよ」

「うん、聞かせてよ」

「あの……、あのさ、子供のことはこのままでいいの？」

美春の表情が硬くなった。子供という一言で、それまで楽しげだった食卓の雰囲気は一変した。キャンドルに灯されたオレンジ色の炎だけが変わらずゆらゆらと揺れている。

「このままでいいのって、どういう意味？」

「もう一回、考えてみたほうがいいかもな、と思って」

「なんで今更？　結婚する時も家買う時もいったよね。私は産むことにも育てることにも興味ないって」

「やっぱり子供を作ろうとかいってるんじゃないよ。僕たちがもっと歳を取って、肉体的にもそれが叶わなくなった時に同じように思えるかどうか、今一度考えてみようって……」

朋希の言葉を遮るように、美春はいった。

「私の方なら、変わらないと思う。思うなんてあいまいじゃなくて、私の気持ちは変わらない」

「それなら、いいんだ。もしも出産が難しい年齢になった時に美春が後悔しないように、ってそれだけだよ。ごめん。もう、いいや」

誕生日の夜はギクシャクしたまま終わった。

その週末、美春の姉の夏帆《かほ》が家に来た。彼女たちの父親が定年退職して、両親は夫婦の旅行を計画しているので、自分たちで旅行のコースを組み立ててあげようという相談だった。

「お父さん、本当に何にもしないんだから。お母さんに丸投げなのよ。行きたいところを聞いてもどこでもいいとかいっちゃって、もう頭にくる」

夏帆はそういいながらも楽しそうだ。パソコンを開き、ガイドブックや雑誌を並べ、二人は熱心にしゃべっている。

両親のためにやりとりする姉妹が木漏れ陽に包まれているのは、いい光景だった。

朋希がM11を向けると二人は少しはにかんだ。

## 2

美春の働くホテルで、お昼過ぎからウエディングパーティーの打ち合わせがあった。依頼してきたのは四十代の夫婦で、共に再婚だった。女性に手を引かれて一緒に来た女の子は彼女の連れ子だという。最近は再婚でもはなやかな披露宴やパーティーをしたいという声が少なくない。

彼女たちの発注は今年のクリスマスにカジュアルなパーティーをしたいというものだった。あまり時間がないので招待客のリストと招待状の作成を急がなくてはならない。美春は頭の中でいろいろな手順を逆算した。依頼主の深田《ふかだ》政美《まさみ》という女性は付け加えた。

「私たち再婚でしょう。そのことを隠すんじゃなくて、むしろ来てくれるみんなに前向きに伝えたいんです。自虐とかでもなくて。だから、お互いのかつてのパートナーから動画メッセージをもらいたいんですよ。私の元夫は快くOKしてくれたんですけれど、この人の前の相手がね、すっきりした返事をくれないらしくて」

政美のパートナーの祐介《ゆうすけ》は視線を下げた。

「あいつも再婚して幸せそうにやっているみたいなんですが、過去を蒸し返されたくない、みたいなことをいってましして。まあ、はっきり断られたわけではないんですけどね」

「彼女は前の結婚のことを隠したいのかしら？　過去もひっくるめて、その人なのに。という私の考えを押し付けるのはよくないか。でも、祐介、あの人のこといつまでもあいつとか呼ぶのやめて」

「あ、はいはい。気をつけます」

美春はつい、くすりと笑ってしまった。幼い女の子は部屋の隅で大人しく絵本に没頭している。お互いの過去のパートナーからの祝福メッセージはいいアイデアだと思った。なんとか実現させたい。プランナーの美春から連絡を入れてみることになった。

美春と朋希は結婚式も披露宴もしていないのに、ホテルでウエディングの担当をしている。巡り合わせとはおもしろいものだ。

朋希と結婚した時、自分の大切な人たちにはゆっくり話しながらパートナーを紹介したいと思い、身近な人たちを何回かに分けて会食に招いた。お仕着せを嫌う朋希は喜んで賛成した。レストランとのやりとりやグループ分けには気を遣ったが、どの会食も話が弾み、楽しい時間になった。自分たちの個性がきちんと伝わったはずだ。結婚式を挙げることを思えば、費用もそうはかからなかった。当時、美春はアパレルブランドの広報をしていて、招待客の一人にホテル関係者がいた。ずいぶん経ってから、そこの会社で新しく海沿いにホテルを開業する、そこでウエディングのプランを手がけてみないかと声をかけられた。美春と朋希の結婚披露会食会のアイデアがずっと頭に残っていたそうだ。小さな規模のホテルだから、ウエディングだけではなくさまざまなプランニングおよび雑用を担当してもらうことになる、とのことだった。むしろそれに引かれて転職を決めた。新しいホテルを一から作るのはおもしろそうだったから。

再婚披露宴の相談を受けているうちに、自分たちの周回遅れのウエディングパーティーをやってもいいかもしれないと思った。

打ち合わせが終わり、政美たちにはテラスに移動してもらい、アイスコーヒーをワイングラスに入れて供した。幼い子にはオレンジジュース。女の子は気取った口調で礼をいった。

「ありがと、おばちゃま」

政美が慌てた。

「おばちゃまじゃないでしょ。お姉さん、でしょっ」

このぐらいの歳の子にとっては、きっとお姉さんもおばさんも似たようなものなのだろう。テラスには潮風の香りと秋の風が満ちていた。

デスクに戻り、打ち合わせで聞いた要望をパワーポイントにまとめながら、朋希の言葉を思い出した。どうして突然、子供のことで後悔しないかなどと言い出したのだろうか。二人とも自分たちのライフスタイルにはこだわりがあった。一緒に暮らすために、一つずつ確認したはずだ。ファミリー向けとは言えない今の家を購入したいと熱望したのは朋希の方である。子供ができたら、到底住めない間取りだ。それなのに、今更どうして。

子供が嫌いなわけではない。でも、好きでもない。かわいいと思う子もいれば、どうしても関心を持てない子だっている。別に関心を持つ必要もないのに、そのことを後ろめたく感じてしまう自分が腹立たしい。自分が子供を産んで育てるというイメージがわかないし、興味がない。それをいってもわかってくれる人は少なかった。強がりをいっていると捉えられることもしょっちゅうだし、何か身体的な理由を隠しているのではないかと勘繰られたりもする。勝手に同情されるのは気持ちのいいものではなかった。

そういう自分をもっとも理解してくれているのが朋希ではなかったのか。

朋希は一人の週末には慣れている。予定にも誰にも邪魔されず、気の済むまで惰眠《だみん》を貪《むさぼ》る。眠るのに飽きたら、ぼんやりした頭でコーヒーをドリップして、大音量でケンドリック・ラマーを聴く。大きな音で音楽をかけたからといって美春は文句をいったりはしないけれど、同じテンションじゃない人がいると、くつろいで楽しめない。結婚生活には何の不満がなくても、思いきり音を浴びられる一人きりの時間もそれはそれでいいものだ。一人の時間が充実しているからこそ、二人でいるのが楽しい。

スニーカーの洗濯が終わると、やっと腹がへった。目玉焼き、ベーコン、レタスをちぎっただけのサラダ、バターたっぷりのトースト。食事が終わると、M11で家を撮った。山の中に佇《たたず》む木の葉の形をした家には使い込まれた良さがある。ファインダーを通して、改めてそう感じた。モニタに映る色彩のない景色は、見る側の想像力を掻き立ててくれた。

すっかり撮影が楽しくなった朋希は、M11を抱えて海岸まで散歩に出かけた。夏は終わったとはいえ、晴れた日の週末ともなるとそれなりの人出だった。海岸線には自撮り棒を掲げた女の子たちやぴったりくっついたまま移動するカップル、漢字が書かれたTシャツを着た外国人たちのグループなんかが闊歩《かっぽ》していた。稲村《いなむら》ヶ崎《さき》公園に着くと、公園からはくっきりと富士山が見えた。その隣には江《え》ノ島《しま》。見慣れた光景もモノクロのファインダーを通すと、静かな迫力が際立つ。

稲村ヶ崎公園には「七里《しちり》ヶ浜《はま》哀歌」の石碑がある。明治四十三年、逗子《ずし》開成《かいせい》中学校の生徒十二人を乗せたボートが沖合で転覆、全員が亡くなるという事故があり、それを歌ったのが七里ヶ浜哀歌だ。

朋希がそれを知ったのはわりと最近で、ただ美しいとだけ思っていた目の前の海が、急に恐ろしく見えた。そんな今の自分の気持ちを写真に収めたい。あれこれと画角を探りシャッターを切っていたら、柴犬が写り込んできた。走り回りながらも、地面に向かって吠えている。

「こら、ミーくん、だめよ。お写真の邪魔しちゃ」

飼い主が犬をなだめた。よく見ると、柴犬の左目は潰れて閉じたままだった。

飼い主の女性と連れだっている男性にはなんとなく見覚えがある。どこかのレストランで見かけたのだろうか。柴犬は朋希を見つけるとこちらに向かって吠え始めた。

「だめじゃないですよ。むしろワンちゃんを撮ってもいいですか？　このカメラ、手に入れたばっかりで被写体をさがしていたんです」

「もちろんです。こら、そんなに吠えないの」

朋希はシャッターを切りながらいった。

「いいのが撮れそうです！」

「あら、うれしい。あのう、もしかして、この間、由比ヶ浜駅前の中華の店にいらっしゃいましたよね？　なんていう店だったかな。先週の土曜日の夜。私たち隣におりまして、おすすめのメニューを教えていただいたんですけれど」

「ああ、あの時の。フェンロンですね。あの店に初めていらしたっていう」

「そうです。改めてありがとうございました」

カメラを下ろして、少し立ち話をした。二人とも東京まで通勤していて、週末にいろいろなお店に行くのが楽しみだという。この辺りは犬と一緒に入れるカフェやレストランが多いので、助かっているとも。

「ミーくんの目は……、お怪我ですか？」

「ええ、多分。というのも、この子は保護犬なんですよ。私たちのところに来た時はもう、こんなふうになっていて。きっと怖い思いをしたんでしょうね。私たちにはやっと慣れてくれたんですけれど、初めての人に対しては攻撃的になってしまって」

男性がリュックからポットと簡易コップを出し、コーヒーを勧めてくれた。三人で公園の丸テーブルに沿って作られた椅子に腰掛けた。夫婦は石碑のエピソードを知らなかったので説明すると、女性は頭を振った。

「もし自分の子供がそのボートに乗っていたらって考えてみるだけで涙が出そう」

今度は男性がいう。

「ご両親は海を見る度につらかったでしょうねえ」

「ですよね。僕には子供がいないから、想像してみるしかないですが」

朋希が続けると、女性は犬の頭をなでながらいった。

「ああ、私たちも……、いないですよ、子供。この子が私たちの息子みたいな存在なんです」

二人が公園を去った後、海岸へと続く階段に座り、岩に当たって砕け散る波を眺《なが》めながら、撮影した写真をモニタで確認する。陽光の反射で見えにくかったが、柴犬の無邪気な顔が大写しになっていた。

さっきの夫婦は子供を作らなかったのだろうか。それともできなくて犬を飼ったのだろうか。根拠はないけれど、後者のような気がした。

その日の夕食は、美春と待ち合わせて小町《こまち》通りのはずれにあるイタリアン・レストランに行った。食事をしながら、なんとはなしに、という風を装いながら、言葉を選んでその夫婦と犬のことを話した。美春は軽い口調でこう答えた。

「うちも飼ってみる？　朋希が子供云々《うんぬん》っていうのは、保護本能を持て余しているんじゃないかと思うよ。女でいう母性本能みたいな。だから犬を飼うっていうのはありかも」

がっかりした。そんなことをいう人だったのか。飼い犬はずっと飼い犬だが、子供はやがて大人になって独り立ちをする。まったく別の存在のはずだ。むしろペットでさびしさを紛らわすことにならないよう、今子供のことを話し合うべきだと思ってぃた。けれど、朋希はその気持ちを言葉にはしなかった。何か行き違いが生じたのだろうか。

3

旅行の行き先が決まらないうちに、美春の母に癌《がん》が見つかった。腰痛が治らなくて、マッサージ師のすすめで念の為の検査をしたら、まさかの胃癌発覚だった。旅行どころではなく、検査入院をして、手術を受けることになった。美春は、朋希を連れて、世田谷《せたがや》の実家に見舞いに行った。姉の夏帆も年下のパートナーと一緒にやって来た。

「やあねえ、みんなでおっかない顔して。ステージ1か、悪くても2ぐらいだそうよ。先生は手術できれいに切ってくださるっていうから、もうまな板の鯉《こい》の気分よ」

母は気が張っているのか、強がっているのか、わりと明るいのだが、父はひどく落ち込んでいて、顔色も冴《さ》えない。

「お父さんのが病人みたいなんだけど」

美春が言うと、父は小さな声を絞り出した。

「ああ、いやあ、まさかこんなことになるとは」

つられたのか、夏帆まで涙声になった。

「お母さんは絶対に死なないわよ。だって、まだ一人も孫の顔を見ていないのよ。健康な娘が二人いるのに、そんなのかわいそうよ」

母は小さく笑った。

姉の夏帆はもう四年近く不妊治療をしているが、なかなか恵まれない。一昨年四十を過ぎて、最近はあきらめかけている。美春は、まるでこちらがやるべきことだといわれているような気がした。美春も朋希も黙ってしまい、重苦しい空気になった。それを変えてくれたのは、夏帆のパートナーである学《まなぶ》だった。

「そろそろ美春さんたちが持ってきてくれたケーキ、食べましょうよ。お義母《かあ》さんは手術前なら、好きなものなんでもOKって言われてるんですよね」

学はそういって、お茶を淹《い》れに台所に入っていった。

美春と夏帆で父を励ました。

「うちの人は普段いばってるのに、いざとなるとオタオタしちゃうのよ」

母が笑い飛ばすと、みんな笑った。父も弱々しく笑った。そして、父と姉が泣き笑いになって、最後に母がほんの少しだけ涙を流した。

手術当日、姉妹はもちろん学も有給休暇を取って立ち会うことになった。無理はしなくていいと美春はいうのだが、朋希だけが行かないのも波風が立つ気がする。こうした場合、肉親でなくてもずっと立ち会うものなのだろうか。さんざん迷ってから、朋希は有給を申請した。

朋希には、美春の家族の馴《な》れ合いのような仲の良さが不思議だった。朋希の父はその分野では名の知られた化学の学者、母はボランティアに多忙で、兄は医者になった。子供の頃から家族同士でもお互いの弱みを見せてはいけない雰囲気で、みんなで笑う場面は滅多になく、ましてや涙を見せあったりしたことはない。朋希が高校生の時、母が虫垂炎で手術入院したが、父は息子たちに学校を休む必要はないといい、二人は一度も見舞いに行かなかった。一週間ほどで帰ってきた母も、そのことについて何もいわなかった。そういうものだと思っていた。家族とは世の中に組み込まれるためのシステムという感覚だった。

手術の日、病室から手術室に運ばれる義母を家族全員で見送った。腹腔鏡《ふくくうきょう》手術だから二時間程度といわれ、皆で院内のカフェテラスに行き、朝食を取った。義父は不安で仕方がないらしく、コーヒーに間違って塩を入れてしまい、それを吹き出していた。その様子を、美春と夏帆がからかう。学は義父のために新しいコーヒーを取りにカウンターに行った。朋希だけがこの輪の中に入れず、無邪気なふりをして笑えばよいのか、義父を励ますべきなのか、戸惑うばかりだった。

手術が終わり、義母は集中治療室に運ばれた。麻酔で朦朧《もうろう》とする中、「転移ない？転移？」「転移の前に会いたい、会いたいのよ」と口走った。

医師がゆっくりと母の名前を呼び大きな声で話しかける。

「癌はきれいに全部取れましたよ。転移もありませんよ。安心してください」

麻酔が切れた時に不安になるからどなたか家族がついていてあげてくださいといわれ、美春と夏帆が残ることになった。義父と学と朋希で再びカフェテラスに行く。義理の関係の男が三人。途切れ途切れの会話を学がつなげてくれた。

義母は一週間ほどで退院となった。退院の日、朋希はM11を持参して、家族の写真を撮った。そこには自分の知らなかった何かが写っている気がした。

## 4

美春は子連れ再婚式のビデオメッセージのコメントを頼むために、男性側の元パートナーにアポを取った。実現すれば、新しいスタイルを提示できるけれど、彼女が少しでも迷っているのなら無理強いをするべきではないと思う。住永恭子《すみながきょうこ》というその女性は四十歳、横浜《よこはま》在住、金融関係の会社に勤めていて、昨年再婚したことなどを事前に再婚式の当事者たちから教えられていた。メールのやり取りは事務的でそっけない文面しか返ってきていなかった。「一応、話だけは聞きますが」とあることからも、協力的ではないのは明らかだった。

彼女の自宅近くのカフェを指定されたが、当日の朝になって、自宅まで来て欲しいとメッセージが来た。由比ヶ浜通りのフランス菓子店でクッキーの詰め合わせを買い、横浜に向かった。挨拶もそこそこに居間に通されると、ガラスポットに入ったジヤスミンティーが供された。

「ご自宅まで押しかけてすみません」

「いいえ、うちを指定したのは私ですから。ちょっと体調が不安定でね」

「ええっ、大丈夫ですか？　日を改めましょうか？」

「あ、病気ではないんです。実は……」

「？」

「こんな歳でお恥ずかしいけれど、妊娠がわかりまして」

恭子は満面の笑みを浮かべた。

「そうですか。それはおめでとうございます」

「それで、再婚式に使うビデオメッセージですよね。それ、お引き受けしますよ」

こちらから切り出す前にそういわれたので、美春は拍子抜けしてしまった。妊娠がわかってからというもの、世の中の見え方が変わったのだという。

「なんていうか、自分でいうのもなんだけれど心が広くなった気がするんですよ。過去のわだかまりとかがどうでも良くなっちゃったのかな。みなさんがそうなのかは知りませんけれど、心の中にあった小さな棘《とげ》が取れてさらさら流れていく感じがして」

来週末、改めて撮影に来ることになった。

横浜からの帰り道、美春は、窓の外の暮れゆく景色を見ながら横須賀《よこすか》線に揺られていた。妊娠しただけでそんなに変わるものだろうか。不妊で悩んでいて、やっとできたから嬉しいのか。自分にはわからない感情だった。

その週末はめずらしく休みだった。久しぶりに朝から鰹出汁《かつおだし》をとり、栗を剝き、土鍋でご飯を炊いた。遅い昼ご飯は、焼き鮭《ざけ》、卵焼き、春菊のおひたし、トマトの白和《あ》え、栗ご飯、油揚げとネギのおみおつけ。朋希は栗ご飯をお代わりした。いつもと同じような会話が続いたけれど、お互い子供のことには触れないよう気をつけていた。

ブランチも終わり、ハーブの手入れをしようと美春が庭に出ると、同世代と思《おぼ》しき女性が三人、家の前をうろうろしていた。時々、この建築を見にくる観光客がいるのだ。

「道に迷われましたか？　それとも井崎大山をお探しですか？」

「怪しげですみません。実は私たちの同級生が以前にここに住んでましたて」

一人が答えると、もう一人が付け加えた。

「今度、同窓会がありまして、その同級生の連絡先を知りたいのですが、わかりませんよねえ？」

そんな会話をしていると、朋希がM11を持って家を出てきた。

「ここを紹介してくれた不動産屋さんに聞いてみますよ。その方って、この家を建てた方のご家族ですよね。きっとわかるんじゃないかなあ。不動産屋さん、この家の歴史をしっかり把握しているようだから」

「ご親切にありがとうございます」

そういって名刺を差し出された。名刺には出版社の名前と漫画を読まない美春でも知っている漫画雑誌の名前があった。少し立ち話をした。三人のうち二人は地元の人だという。美春と朋希も名刺を渡した。

彼女たちの同級生はこの家に何人の家族で住んでいたのだろうか。


朋希は会社を出ると、指定された恵比寿《えびす》の寿司屋に向かった。会社の先輩である都《と》山寿一《やまひさかず》が待っている。わざわざ社外に呼び出すのはそれなりに重たい話があるのだろう。

寿司屋に入ると、都山はすでにカウンターの端の席についていた。小瓶のビールで乾杯してから、早速、本題を切り出してきた。今のようなリフォーム業ではなく、独立して、個人住宅専門の建築事務所を立ち上げるつもりだという。他所《よそ》から建築家を引っ張ってくる手筈《てはず》が整っているそうだ。

「リフォームはすばらしい仕事だと思う。今あるものを最大限に利用して、再生させてって、今の世の中に必要なことだよ。でも、おれ、やっぱりゼロイチをやりたいわけよ。せっかくこの仕事に携わっている以上さ。で、今村も一緒にやらないか？　この仕事と会社を」

「僕が、ですか？」

「そう、君が。やっぱりアーキテクトに愛情があるやつと一緒にやりたいんだよ。営業部門の役員として関わって欲しいんだ。まあ役員っていったって、わずか数名の会社だけどさ。収入はいったん減ってしまうかもしれないけれど、絶対に三年以内に戻すから。そして前より稼げるようにするから。うちの営業をやってくれよ」

都山は四十代後半のはずだが、まるで部活動に夢中になる高校生のようだった。すでに何人かはクライアントを見つけてきているそうで、中には著名なスポーツ選手もいた。

「NOHrDってあるだろ？　ドイツのトレーニングマシン。木と革と水でできているやつ。陽光が注ぐ部屋をトレーニングルームにして、あれを導入したいんだよね。あれが似合う家を作りたいってずっと思ってたからさ。トレーニングマシンから家の着想するなんて、馬鹿馬鹿しいけれどさ」

そう語る表情はうっとりしていた。朋希もつられて気持ちが躍った。行きたい気持ちと不安とが半々だった。

家に帰ってから、美春にそのことを話した。

「へえ。いいんじゃない？　やってみれば」

あまりにもあっさりいわれて、腹が立った。二人の将来をきちんと考えていない気がした。

「収入だって減るんだよ。先輩はああいうけれど、元に戻る保証なんてないんだからね。あのさ、くどくどいいたくないけれど、もし万が一子供が欲しくなったら、さらにお金だって必要になるんだよ」

朋希がそこまでいうと、美春は思い切りため息をついた。つい出てしまったというのではなく、ため息をついていることを朋希に知らせるための仕草だった。

「この間からどうして急に子供子供っていい始めたの。何があったの？」

「僕が欲しくなったわけじゃない。別に何もないよ。もし後になって迷いが出た時に選択肢が残っていた方がいいんじゃないかっていう、それだけだよ。どうしてそんなに突き放すのさ。最近は将来のために卵子凍結する人もいるじゃない？　あれなら今どうこうじゃなくても……」

「あのね、卵子凍結している人、私の同僚にもいるけれど、すっごく痛いっていってた。検査の前には排卵誘発剤を打つの。その副作用で気持ち悪くなったりするんだって。で、針を刺して、卵巣から卵子を取り出すんだよ。そんな簡単にいわないで。子供は欲しくないっていってんのに、どうして股に針を刺されなくちゃいけないわけ？」

「ごめん。そんなことまで想像したこともなかった」

美春はさっさと風呂に行ってしまった。

都山には、自分たち夫婦に子供がいなくて美春に稼ぎがあることも、スカウトした理由だといわれた。それは美春にいえなかった。

数日間はぎくしゃくして過ごした。

## 5

母の術後初めての検診には夏帆が付き添ってくれた。美春は彼女たちが病院から帰ってくる頃に一人で実家に行き、母を見舞った。母は少し瘦《や》せたようだけれど、検査結果は何の問題もなかったと聞き、安心した。父はわざわざこのタイミングで散髪に出掛けていた。検査の結果を聞くのが怖かったに違いない。美春は北鎌倉駅前にある「光泉《こうせん》」のお稲荷《いなり》を差し入れに持って行った。母のリクエストだった。母はゆっくり少しずつ稲荷寿司を食べた。油揚げはまだ時期尚早らしいのだけれど。

「もうお粥《かゆ》は飽きちゃってね。やっぱりこれはおいしいねえ。胃に染み渡るって言葉が、今はもうたとえじゃなくて実感よ。こうなるともう、おいしくないものは一生食べたくないわ」

そういって笑った。夏帆はまた涙ぐむ。

「そうよ、ママ、その意気よ」

夏帆はそっと涙を拭いながら、美春の方を向いた。

「ねえ、あなたたちはどうなのよ」

「どうって、何が？」

「いつになったらママを孫と会わせてあげられるかってこと。正直、私んとこはもう無理なんじゃないかと思ってる。私にも学にも特に身体的な問題はないのに、これだけ不妊治療してダメなんだから」

美春は子供を産むつもりがないことを夏帆に伝えていない。わざわざいう機会もなかったし、今となっては、不妊で悩む彼女にいいにくい。母には一度だけ、朋希と結婚する時にそれとなく伝えた。それに同意してくれたから結婚を決めたというと、母は肯定も否定もせず、にこやかにうなずいた。はっきり確認したわけではないけれど、朋希は自分の両親には伝えていないと思う。美春は向こうの両親とはそれほど交流がない。盆暮の挨拶に行きはするものの、いつだって会話は弾まない。

美春は意を決した。

「あのね、お姉ちゃん。私は子供を作るつもりはないのよ」

「え？　なんで？」

「特に理由はないよ。興味がないだけ」

そういっても、夏帆は理由を探そうとする。たいていの人がそうするように。

「仕事を優先したいってこと？　でも、転職してからずいぶん時間が経ったし、そろそろプライベートのことを考えてもいい時期なんじゃないの」

「そういうんじゃないってば。そのつもりがないの」

夏帆はけわしい表情をして何か考え込んでから、やさしい口調になった。

「ねえ、私が通っている病院、紹介するよ。いい先生よ。女医さんだし。とにかく早くした方がいいと思う。三十五歳を過ぎたら、卵子はどんどん劣化していくんだから」

「もう、やめて。私は不妊に悩んでなんかいないってば。出産とか子育てとかしたいと思わないのよ」

「そんなわけないわよ」

「はあ？」

「ここには私とママしかいないんだから、無理することないって」

「無理なんかしてない。むしろ無理して不妊治療だの出産だのしたくない」

夏帆は信じられないというように頭を振った。

「ママ、何とかいってやってよ。四十半ばになって後悔したって遅いんだから」

「でもねえ、美春の人生だから、ママやあなたがどうこう口出すことじゃないでしょ。人に迷惑かけるわけじゃなし」

「人に迷惑って、じゃあさ、朋希さんはそれでいいっていってるの？」

ついこの間までなら、胸を張って、彼は私の生き方に同意しているといえたのに。

美春は視線を落とした。夏帆は強い口調でいった。

「夫婦なんだから、そんな勝手なこと、じゅうぶん迷惑よ。朋希さんだって、結婚したからには家庭を持ちたいはずよ」

「じゃあ、お姉ちゃんは子供がいないと家庭じゃないっていうの？」

「そうはいわないけど……、あなたたちってなんていうか気ままな独身の共同生活みたいじゃない。あの家だって、すてきだけれど、子供が生まれたら暮らせないでしょ」

「あの家に住みたいっていったのは朋希なの。朋希だって、子供がいなくていいっていってくれたんだから」

つい、嘘をついた。いや、嘘ではない。でも、真実でもない。いってくれた、などという言葉遣いをしてしまう自分にまた嫌気がさした。まるで自分が朋希にお願いして、生き方を認めてもらっているみたいではないか。朋希も自分の人生は自分たちのために使おうと決めていたのだ。かつては。美春がうんざりして言葉が少なくなっていった頃、父が帰ってきた。大きな紙袋を手にしている。

「ずいぶん時間がかかったのねえ」

母がいうと、姉妹を見て得意そうに答えた。

「いや、お前たちが来るって聞いたから、何か甘いもんでも買って帰ろうと思ってさ、あちこち探していたらこんな時間になってしまってね」

袋の中身は、美春と夏帆が小さい頃に好きだった店のシュークリームだった。それにショートケーキやチョコレートケーキも。四人しかいないのに、ケーキは全部で十個もある。

「パパ、こんなに食べきれないじゃない」

「朋希くんや学くんに持って帰りなさい」

シュークリームの奥ゆかしい甘さを味わいながらも、夏帆の言葉が心に引っかかっていた。自分たち夫婦の営んでいるものは「家庭」じゃないのだろうか。

朋希が、月末の金曜の夜が満月だと気がついたのは、その日の午後だった。

――久しぶりに満月ワインバー、行かない？

美春にLINEをした。満月ワインバーは、その名の通り満月の夜だけ開かれるバー。いつもは別の名前で営業している店が満月の夜だけ名前を変える。顔見知りの常連が多く、一人客もいれば、グループもいるし、友人同士がばったり会って一緒にグラスを交わすこともある。

ここのところ、事務的なやりとりしかしていない美春とくつろいで話すきっかけが欲しかった。義母の検査は問題なかったとは聞いたが、そのことも詳しく知りたい。

――いいね、満月。七時半には行けると思う。先に入ってて。

美春からすぐに返信が来た。満月だから、という理由にならないような理由が今の自分たちには必要だった。

朋希が店に入ると、すでに半分以上の席が埋まっていた。江ノ電《えのでん》の線路沿いで花屋を営んでいる女の子、鈴木屋酒店のスタッフ、写真を撮りながら日本各地を旅しているというコロンビア人の写真家なんかがいた。みんな、この店で知り合った人たちだ。お互いゆるく近況報告をしながら、いくつかあてを頼んで、まずはビールを飲んだ。夜が深まるにつれ、店内の心地よいざわめきが濃くなっていく。朋希が三杯目のメルローの赤を飲み干したところで、美春がやってきた。すでに九時近かった。小走りで来たらしく、息が上がっている。

「ごめんね。ちょっとトラブルで」

「すっぽかされたのかと思った」

冗談のつもりでいったが、美春はくすりとも笑わなかった。美春と家の外で待ち合わせるのも、ゆっくりご飯を食べるのも久しぶりだった。ようやく肌寒くなってきた夜、美春は紺色の薄いカシミアニットを着ていた。袖だけが同じ色の透ける素材になっていて、彼女の腕のシルエットが見える。

最初の方こそあまり笑顔を見せなかった美春だが、オレンジ色をしたワインを味わっているうちに機嫌も良くなり、二人はよく食べ、よく飲み、よくしゃべった。二人で白ワインを三杯、オレンジワインを六杯、赤ワインを五杯、飲み干した。

帰りのタクシーの中から、大きな満月が見えた。手を伸ばせば届きそうな気がして、朋希はふざけてウインドウを半分下ろし、右手を外に出してみた。美春が左の肩に身を預けてきた。朋希は美春の唇に自分のそれを重ねた。窓の外の手に当たる風が自分たちをからかっているようだった。

帰宅すると、どちらともなく居間のソファに倒れ込んだ。

「シャワー、省いちゃわない?」

そういって美春が後ろから抱きついてきた。スパイシーな香水の香りが鼻をつつく。朋希は両腕をだらんと垂らしたままされるがままになった。耳たぶを噛まれ、背中に刺激が走る。自分と美春は、食べ物やワイン、インテリアの趣味だけではなくて、セックスの相性もぴったり合うのだと改めて確認した。

避妊はしなかった。正確にいえば、それについての意識が遠いところに行ってしまうぐらい気持ちが良かった。きっと美春も同じように遠くに行けたはずだ。ところが、美春は大きく身体をのけぞらせた後、我に返り、朋希をなじり始めた。

「どうしてあれ着けてくれなかったのよ」

「だって、そんな雰囲気じゃなかったし」

「雰囲気とか、そういうことじゃないでしょ。妊娠したらどうしよう」

美春はクッションに顔を押し付けた。

「ほんとに、もう。勘弁してよ」

「勘弁って……」

美春はスマホを手にして、画面をタップしながら険しい表情になった。

「排卵日？」

「生理が終わったばかりだから違うとは思うけど。でも、もしそうだったら……」

「もし妊娠してたら、その時にどうするか考えようよ。だいたい僕たち結婚してるんだし」

「結婚してるからって、なんなのよ。私は産むつもりはないんだから、困るよ。仕事の予定だってあるし、やりたいことだってあるし」

「子供ができたとして、その子を育てるよりやりたいこと？」

一瞬、間が空いてから答えた。

「そうよ」

「たとえば?」

「ママともっと一緒にいたい。ママの体力が戻ったら一緒に旅行に行きたい。あと新しいプランを立ち上げたいの。再婚ウエディング専門のプラン。それだけじゃなくて、ずっとおしゃれしたいし、陶芸《とうげい》始めたいし。っていうか、今と同じ生活を続けたいの。それ、悪いこと?」

「いや、そんなことないよ。気をつけなかった僕が悪かった。ごめんなさい」

朋希が謝っても、美春は言葉を止めなかった。

「子供を産んだり育てたりすることより、おしゃれのが大切っていっちゃいけないのかな。それって女としてひどいことなのかな」

美春がシャワーを浴び、ベッドに入っても、朋希は隣に寝るのが気まずくて、いつまでもソファに転がっていた。きっかけがないまま夜中になってしまい、来客用の枕と毛布を引っ張り出してきて、そこで寝ることにする。ウイスキーをあおり、自分を眠りへとつき落とした。

翌朝、コーヒーの香りで目が覚めた。キッチンで美春が豆を挽《ひ》いていた。ゆっくりとケトルを回しながら、彼女はいった。

「眠れた？」

「ああ、うん、まあ」

「私は全然。いろいろ考えちゃって。昨日の夜はごめんね。私、いいすぎちゃった。避妊は男性側だけの責任じゃないのに」

「確認しなかった僕も悪いから」

美春は腕組みをしてから、静かにいった。

「あのさ、朋希はもし私が将来子供を欲しくなったら、っていうけれど、私じゃなくて朋希が望んでいるんだと思うよ」

すんなり肯定はしたくないが、否定もできなかった。黙っていると、美春はコーヒーが入ったマグカップが二つ載ったトレイを持って、ソファの方にきた。

「私はそれに応えられない」

コーヒーの香りだけが居間に漂った。

## 6

その日から美春は思うように睡眠が取れなくなった。

今までそっと積み重なってきたはずのものが、まるで何もなかったかのように感じた。朋希は毎晩ソファで寝るようになった。朋希が四十歳になったというだけで、突然、お互いの人生が嚙み合わなくなってしまった。

何度か話し合った。彼は、美春が後悔しないように、と繰り返すのだけれど、自分が後悔するのが怖いのだと思う。「今更、何をいっているのか」という怒り、ややこしさから解放してあげたいというやさしさ、解放した時に自分が一人になることへの不安、夜になるとそうしたものがぐるぐると心の中を疾走する。

親友に相談すると、彼女は、自分の気持ちを押し通すべきだといった。たとえ非常識だったり勝手だったりしても、そうした方がいい。

久しぶりに休みだった土曜日の朝、美春は、さびしさを怖がるなと自分にいい聞かせ、そして、決意した。

リビングに行き、起き抜けの朋希に告げた。

「私たちさ、解散しよ」

「解散？」

「うん。方向性の違いってやつ」

「昭和のバンドかよ」

朋希はそう呟いて、でも、反対はしなかった。

「朋希はきっと子供が欲しいんだよ。よくある家庭を築きたいんだよ」

「そうなのかな。いや、でも……」

「そんな平凡なやつだと思わなかったなー」

そこまでいうと、涙があふれた。自分から切り出したくせに、しゃくりあげてしまった。朋希は窓の外に視線を向けながらいった。

「欲しいのかどうかわからない子供のことで別れることになるなんて、まさかなあ」

「子供が欲しいとしたら、男の人だってリミットはあるんだよ。これ以上、時間をロスしない方がいいでしょう」

あの二ヵ月ちょっと前の誕生日の夜が遠い昔のように思えてくる。

二人で話し合い、離婚することになった。恋愛と結婚は違うのだと思い知った。お互い相手がどんなに好きでも、人生設計が合わなければ、別れるしかない。家のローンの残りを朋希が負担して、美春は必要な家具や家電製品を引っ越し先に持っていく。美春の新しい住処《すみか》の敷金礼金は半分朋希が負担する。お互い慰謝料はなし。朋希は、母が退院した日に撮った家族写真を紙に焼き、額装してプレゼントしてくれた。

離婚届は一緒に出しに行った。

引っ越し先が見つかるまで、美春は勤務先のホテルで生活した。夏の繁忙期でなくて良かったが、なんとしてでもクリスマスの前までに新しい部屋を探さなくてはならない。

もっとも気が重かったのは、やっと日常が戻ってきた母と父、そして夏帆への報告だった。母も父も驚いていたけれど、怒ったのは夏帆だった。

「子供を作っとかないから、ダメになるのよ。昔っから子はかすがいっていうでしょう」

「そういういい方、いくらお姉ちゃんでも、許せない。じゃあお姉ちゃんたちはどうなのよ。かすがいがないお姉ちゃんたちも離婚するってわけ？」

「ひどいっ」

「ひどいのはどっちよ」

もううんざりだ。

海沿いへの移住者が年々増えていて、空き物件が少なく、なかなか引っ越し先が見つからなかったが、スウェーターに袖を通すようになった頃、海が見渡せる広めのワンルームが見つかったと不動産屋から連絡があった。すぐ内覧に行き、その場で契約を決めた。

シンクに洗い物が溜まっていても焦る必要はないし、下着姿でも気兼ねなく部屋の中をうろうろできる。仕事が終わった後、思いつきで映画を見に行ける。自由な結婚がテーマだったが、一人はやっぱり自由だと実感する。一人のさびしさを感じることもあったが、窓の前に広がる海や時々それを真っ赤に染める夕陽を眺めていると、一人も悪くないと思えてきた。パクチーも納豆も気兼ねなく食べられる。

リビングの家具は結局ほとんどそのまま残っていた。美春が必要に応じて引き取る約束だが、業者がやってきて、とりあえずはベッドだけを運んでいった。ＬＩＮＥのメッセージによると、年末に向けてホテルは活気づく時期で、忙しくしているという。

がらんとしたリビングは一人でいるには広すぎた。

ここは一人暮らしを想定して建てた家だと思い込んでいたが、勘違いだったのかもしれない。生活に見えない穴が空いた気がする。うっかりしているとそこに落っこちてしまい、不安で仕方がなくなる。野菜炒めの塩がきつすぎても、Netflix のドラマがつまらなかったとしても、シャワーを浴びている時に宅配便が届いても、声をかける人がいないのだ。どんなに大きな音でケンドリック・ラマーをかけても、音量が足りない気がする。毎晩、ウイスキーを飲んだ。部屋にいる時は掃除機をかけてばかりいた。

会社帰りに鎌倉駅の近くのスーパーに寄ると、満月ワインバーで仲良くなった友人夫婦にばったり会った。同世代の謙也《けんや》と理佐《りさ》は七里ヶ浜に住んでいるので家が近く、生活のディテールが似通っているので話が合った。何度か互いの家を行き来したこともある。美春と朋希が離婚したことを告げると、二人は驚いた。どうしてこうなったのか話そうとしたのだけれど、何と説明していいのかわからない。子供を作るか作らないかで意見が合わなかった、というのは違う。どうしても作りたいわけではないのだから。じゃあ、どうして？　問題を先送りにする自分が愛想をつかされたのか。

言葉が見つからない朋希を心配して、ピュエンロー鍋の材料を買ったところだから、一緒に食べないかと誘ってくれた。

「昨日から椎茸《しいたけ》をつけといたんだ。たっぷり出汁が取れてるはずだよ」

ピュエンローは彼らが家に来た時、美春が作り、レシピを伝授したのだった。椎茸で出汁を取り、具材は白菜、豚肉に鶏肉、春雨、たっぷりごま油を回しかけ、塩と唐辛子で味わう。さまざまな具材の出汁を吸い込んだ春雨が主役の鍋だと朋希は思っている。朋希が迷っていると、二人が椎茸の出汁を取りに帰ってから、徒歩十五分の鎌倉山の家まで来ることに決めてしまった。

家に帰ると、床暖房をつけ、コートを着たまま、コンロと鍋を出した。古い家なので、床暖房が効くまでに時間がかかる。まだ部屋が暖まる前に、謙也と理佐がやって来た。

きれいに片付けられたリビングを見て、謙也はいった。

「わー。内心、けっこう生活が荒れているんじゃないかと思ってて、そうしたら、片付けを手伝うつもりで朋希さんの部屋にしてみたんだけど、すんごいきれいにしてますね。ショールームみたい。おれらが手伝うこと、何もないわ。逆にこれはこれで心配になる」

ぐさっときた。ここには生活がないということなのだ。

食品会社でレシピ開発の仕事をしている理佐が手際よく、鍋の準備をしてくれ、三人で鍋を囲んだ。この部屋に自分以外の人がいるのは離婚以来初めてだった。奮発して、ブルゴーニュの赤を開けた。

謙也も理佐もリズミカルに箸《はし》を動かす。朋希は、出汁やごま油がテーブルに飛び散る度に気になって、台布巾に手を伸ばした。そんな様子を見て、理佐がいった。

「朋希さん、かなり病んでますね」

「え？　そうかな？」

「うん、いろいろと行動おかしいですよ。二人の間に何があったかは聞きませんけれど、あんなに仲良かったのに急に離婚なんて、そりゃあ病んだって普通でしょ」

いわれてみれば、せっかくのピュエンロー鍋なのに、あまり味がしない。朋希の取り皿の中だけ白菜や豚肉や春雨が放置され、冷めてしまっている。自覚している以上に、自分はさびしさに蝕《むしば》まれているようだ。

二人からは、とにかく今の状況を変えた方がいいといわれた。口を揃えて、美春と暮らしていたこの家に一人でいるのはまずいという。しかし、今、井崎大山建築のこの家を手放したら、自分らしい何かがすべてなくなってしまう気がする。

「せめて時々は遊びに来てくれる誰かを探さなくちゃ。おれたちで良ければいつでも来ますけど」

「僕の生活に出会いなんてないからなあ」

「満月ワインバーに来てる子で誰か気が合う人いないの？」

「それはちょっと気まずいな。美春も好きな店だし」

「あのね、今更別れたパートナーに気をつかっている場合じゃないと思うけど。朋希さん、せっかくワイン開けたのに、一口も飲んでないじゃない。どうしたのよ」

いわれて気がつき、グラスに注がれた赤ワインを一気に飲み干した。理佐はあきれた表情になった。

「じゃあマッチングアプリで探したらどうですか？　それで結婚までいった友達、何人かいますよ」

朋希と謙也は思わず顔を見合わせた。

二人が帰った後、理佐に教えてもらったアプリを開いてみた。「プレミアム・マリッジ」というそれは結婚を目的としていて、年収や学歴、身長体重など細かく記入する。独身証明書というものまで役所でもらってきて、それを事務局に提出することになっている。子供を希望するかどうか、するなら何人欲しいのかまで申告しなければならない。自分のデータを記入する時、ふと手が止まった。具体的に欲しいわけではないのに、欲しくないとはいい切れない。そんな自分のあいまいさが美春を傷つけてしまったのが情けない。結局そのアプリの登録は見送り、もっと気軽な出会い目的の「ラベンダー」というアプリにだけ登録をした。出会いの目的は「恋人が欲しい」と「いい人がいればつきあいたい」と迷って、後者を選んだ。

独立した都山から連絡があり、仕事納めの日の夜に会うことになった。彼が南青山《みなみあおやま》に移転した人気のイタリアン「ドンチッチョ」を予約してくれた。クリスマスが終わった街は少し落ち着いているものの、行き交う人々の靴の音は忙しなかった。

新しい事業は順調だという。今日はおれの奢り、といって、スプマンテと白ワインをボトルで注文してくれた。白ワインは軽いのにナッツのような香りがして、印象的な味わいだった。都山はやりたかったことを実現させた充実感のせいか、表情が明るく自信に満ちていた。

「なあ、やっぱり、一緒にやろうよ。若い営業マンは雇ったんだけど、規模の大きなプロジェクトの時は、キャリアとセンスのある担当者が欲しいんだ」

それからも、いかに朋希が必要かを語られ、それを聞いているうちに危うく泣きそうになった。人にあてにされるのは、気持ちのいいものだ。朋希は来年から都山の会社で働くことに決めた。

「そりゃあ、うれしい。乾杯しよう！」

そういって、もう一度スプマンテのボトルを注文した。ぶつからない程度にグラスを近づけながら、都山はいった。

「ところで、奥さんに相談しなくていいの？　あ、今は奥さんっていっちゃいけないのか、ええっと、そのう、パートナーさんに」

「ああ、ええっと、僕……、離婚したんですよ」

「えっ、そうなんだ。なんでまた。仲良さそうだと思ってたのに。事情は人それぞれだからな、聞いて悪かった」

「そんなことないです。なんていうか、子供のことです」

「不妊治療してたとか？」

「逆なんですよ。彼女は元々欲しくない人で。それは承知で結婚したんです。僕も子供はいらないって思ってましたから。でも、僕たちもだんだん年齢いってきて、僕は今年四十になったんですよね。そのタイミングで、本当にそれ後悔しない？って聞いたら、彼女は、自分はまったく興味がない、心配するのは僕が心のどこかで子供が欲しいからだっていうんです。そんなこと思ってもみなかったから、自分としては衝撃だったんですけど。子供が欲しいなら自分といても人生設計が合わないから、別れようって話になっちゃって」

「ほお。なかなかデリケートな話だなあ。で、今村は子供が欲しいわけ？」

「うーん。欲しいわけじゃないんですよ。でも、絶対要らないとも思えなくて」

「はっきりいって、すんごい優柔不断だなあ。ていうか、ずるいな。そのいい方は」

「ですよね。もう情けなくて。でも、男は後でも作ろうと思えば作れるけれど、女性はシビアなタイムリミットがあるでしょう。だから今一度考えてみようっていっただけなんですけど。それが彼女にはストレスだったみたいで」

「そんな優柔不断、おれでもストレスだわ。うちの営業任せて大丈夫かなあ」

「そんな……」

「冗談だけどさ。男は自分で産めるわけじゃないからな。欲しいとか欲しくないとか、自分ごととして考えられない面もあるよ。それはわかる。きっとどっちでもないんだよ。それが今村の本音。だったらそれでいいじゃん。何かのタイミングで誰かとの子供ができたら父になる、できなかったらならない。それだけのことだよ」

それから二人でスプマンテを空け、挙句にレモンチェッロも飲み、したたかに酔っ払った。久しぶりにタクシーで鎌倉山まで帰った。タクシー代、二万九千円也。離婚も転職も、タクシーで帰宅したことも、決して間違っていないのだと、自分にいい聞かせた。

7

クリスマス当日、午前中は雨が降っていて美春は気を揉《も》んだが、昼頃には雨は止《や》み、だんだん晴れ間が広がっていき、午後には晴天となった。真っ青な空が赤く染まる頃、子連れの再婚披露宴の招待客が集まってきた。

控え室に入ると、メイクを終えた政美がウエディングドレスに着替えるところだった。「この日のためにダイエットしたんだけれど、この歳になると思うようには痩せないですねえ」なんていいながらも、差し入れのクッキーをかじっている。二回目の余裕だ。緊張で過呼吸になりそうな若い花嫁と違って、今日のパーティーを誰よりも楽しもうという心意気があった。

ウエディングドレスといっても、いわゆる花嫁のためのドレスではなく、トップスとスカートがセパレートになっていて、合わせ方を変えればいろいろな場面で活用できるタイプだ。その代わりというのはおかしいけれど、政美の希望で娘には思い切りフリルのついた白いワンピースを選んだ。

メインディッシュの葉山《はやま》牛ステーキの前に、お互いの元パートナーからのメッセージ動画が流された。政美の元パートナーの動画はわざわざ野球のグラウンドで撮影されたものだった。赤いユニフォームを着た元パートナーがマウンドでボールを投げる場面から始まった。バシッとストライクを決めた後、カメラ目線でいった。

「政美さん、ご結婚おめでとうございます。ぼくは今でも、あなたの幸せを願っております」

その後は元パートナーが空振りを三回する場面が続いた。再びカメラ目線。

「祐介さん、ぼくにできなかったことをよろしくお願いいたします!」

政美の娘が、ああパパだ～、パパ、なんで野球してるの? といい、みんな笑った。政美は周囲に向かって、あの人ミーハーだから、これ大谷翔平《おおたにしょうへい》のつもりなんじゃないかしら? といい、わざとらしく肩を落とした。

祐介の元パートナーの住永恭子は自分の新しいパートナーと一緒に画面に現れた。

「政美さん、祐介さん、ご結婚おめでとうございます。お二人の披露宴へのメッセージを頼まれた時、最初は正直お断りするつもりでした。私との結婚生活は過去のことですし、なんでわざわざ?という気持ちでした。でも、ウエディングプランナーの方からお手紙をいただいて、そこに『過去がその人を形作っている』とあって、なるほどどそうだよなあと思いました。そんな時、妊娠がわかりまして。過去があるから今の私がいる。祐介と離婚しなければこの人と付き合ったり結婚したりしてないし、結婚しなかったらこのお腹の子もいなかったわけで。なんだか、いろんなことが腑《ふ》に落ちちゃったんですよね。私という過去が未来につながっていくのがイメージできたというか」

そういって、恭子とパートナーは金色の液体が入った細長いグラスを掲げた。テロップが流れ、「注・中身はノンアルコールです」とあった。それを合図に、スタッフが新郎新婦と客たちに新しいグラスとスパークリングワインを供した。二度目の乾杯の音頭《おんど》は画面の中の恭子だった。

「過去を大切にしない人は未来を大切にできないんじゃないかと考え直して、お引き受けしました。お二人の輝ける未来に、そして、輝ける過去に乾杯！」

乾杯の合唱、そして歓声。過去・万歳！　などと叫んでいる人もいる。

美春は勝手にこの再婚披露宴の盛況は自分へのエールだと受け止めた。

年明け早々「再婚披露宴プラン」を売り出すことになった。元パートナーのビデオメッセージ以外に何か変わったことがあるわけではないが、初婚でなくても気兼ねなく申し込めるようにという狙いがあった。

もう一つ、美春には野望があった。同性婚カップルのためのプランだ。

春に行われる予定のウエディングパーティーは初めての女性同士のカップルである。鎌倉山の家を訪ねてきた女性三人組のうちの二人だ。アポイントメント申し込みのメールの差出人が家先で名刺を交換した相手だということを思い出すまで、少々の時間を要した。

打ち合わせには三人でやってきた。

「結婚式を挙げたいのは私じゃなくて、この人と、それからこの人。見ればわかると思いますけれど、女性同士のカップルなんです」

もう一人がいった。

「私たち正式な婚姻届を出せないからこそ、友人を呼んでお互いのパートナーをお披《ひ》露目《ろめ》したいんです」

「わかりました。すてきなパーティーにしましょう」

二人ともウエディングドレスを着たいというので、それなら、二人はそれぞれのドレスを当日までお互い秘密にしていて、入場の時に初めて相手の「花嫁姿」を見るという仕掛けを提案した。控え室も別々、本番直前に着替える。

何度か彼女たちと打ち合わせをしているうちに、自分と朋希のいざこざが小さなものに思えてきた。

朋希は「ラベンダー」でマッチした女性十八人とメールのやり取りをして、その中の三人とデートをした。木曜の夜、恵比寿駅西口で待ち合わせると、スマホを片手に緊張した面持ちで周囲を見渡している男女が何人もいて、面食らった。聞こえてくる会話から察すると、たいていはマッチングアプリで知り合った相手との待ち合わせのようだ。友人の誕生日BBQで知り合い、たまたまフェスで再会した自分と美春の出会いが奇跡のような気がしてくる。

三人のうちの一人とつきあうことになった。沙織《さおり》はサプリメントの販売会社に勤めていて三軒茶屋《さんげんぢゃや》在住、三十歳、未婚。自己紹介のハッシュタグには、#食べること飲むこと、#ワインよりもウイスキー、#アーキテクト、#デートは月3くらい、とあった。人と人とが距離を縮めることがこんなに楽で良いのだろうかと思うぐらいストレスがなかった。有名無名を問わず変わった建築を見て歩くのが好きだそうで、最初のデートから話が盛り上がった。

二度目のデートは自由学園明日館に行って、同じくフランク・ロイド・ライトが手掛けた帝国ホテルのバーで軽く飲み、青山のプラダブティックまで足を延ばした。青山のプラダは、ヘルツォーク&ド・ムーロンという建築家ユニットが手掛けた。その後、「タヒチ」でタイ料理を食べ、カクテルを楽しんだ。

彼女は、朋希が住んでいる一軒家が井崎大山の建築と知ると、見てみたいと熱望した。

「私、半年くらい前に彼が手掛けた熱海《あたみ》のレストランに一人で行ったんですよ。すばらしかったけれど、大山の真骨頂《しんこっちょう》は個人宅だと思っているんで、ぜひ拝見したい！」

「いいですよ。初期のやつだから、素朴で小さな家だけれど」

「ええっと、来週末とかいいですか？」

「明日でもいいよ」

酒を飲んで気が大きくなったせいか、そういってしまった。#デートは月3くらいのはずが、それを超えるハイペースになった。

翌日はあいにくの雨だったが、沙織は白州《はくしゅう》のボトルを抱えてやってきた。木の葉の形の建物を、傘をさしたままうっとりと眺め、家の中に入るとあちこちを歩き回っては、いちいち感嘆の声を上げた。

まだ窓の外が明るいうちからウイスキーを飲み、二人はベッドに入った。何度もじゃれあい絡み合い、気がつくと夜になっていた。帰りはタクシーで沙織を鎌倉駅まで送っていった。タクシーの中で沙織はいった。

「来週末もまた来てもいい？」

「えっ？　次は東京カテドラル見に行くんじゃないの？」

「そうだけど、でも、こっちがいい。ダメ？」

「ダメじゃないけど。いいよ。そうしよう」

「じゃあさ……、ううん、なんでもない」

「どうしたの？」

それには答えず、顔をくしゃくしゃにして笑った。タクシーを降りる前にキスをした。沙織は思い切り舌を絡ませてきた。朋希はそのタクシーに乗ったまま、家に帰った。沙織は見送りながらずっと手を振っていた。家に着く前に、沙織からＬＩＮＥがあった。

――来週末、部屋着と歯ブラシ持って行ってもいい？

これは泊まりに来るということなのだろうか。部屋でくつろぎたいためのものなのだろうか。そうは聞けずに返信をした。

――ＯＫ
――おまけに美容液のパックも持って行っちゃおうかな
――ほーい。了解
何が了解なんだか自分でもよくわからないが、波風を立てないようにそう返信した。

一週間後の土曜日、沙織は大きめのボストンバッグを抱えて鎌倉駅の西口に立っていた。その日は先週とは打って変わって、あざやかに晴れていた。いったん荷物を置き、散策に出かけた。鎌倉はあまり来たことがないというので、まずは鶴岡八幡宮《つるがおか》の境内《けいだい》にある神奈川県立近代美術館を見に行った。ル・コルビュジエに師事した坂倉準三《さかくらじゅんぞう》の初期の作品だ。

「初期っていうか、ほとんどデビュー作だよね。ずいぶん修復で手を入れられちゃっているけど、貴重な建物だよ」

沙織は建物というより、その前にある蓮《はす》の池と建物のコントラストが気に入ったようだ。

「ねえ、私、小町通りに行ってみたい」

「多分、ものすごい混んでると思うよ。観光客向けのお店ばっかりだし、どうかなあ」

「だって、私、観光客だもん」

案の定、小町通りは人で埋まっていた。カップルや中年女性のグループ、高齢者のグループ、家族連れ、白人黒人アジア人、ヒジャブを被った人もいる。沙織はものめずらしそうにあちこち寄り道をしたが、朋希は人の多さに辟易《へきえき》して道の端で立ち止まり、穴場のカフェを検索していた。ほとんどの店は並ばないと入れなそうだ。

沙織が土産物屋《みやげもの》から出てきていった。

「今ね、こんな小さな子がママとはぐれて泣きそうになっていたの。私、手を繋いで捜してあげたんだ」

「ふうん」

大した話でもなかった。そばにいる大人ならたいていそうするだろう。しかし、沙織は何度もそれを口にして、子供にやさしい自分をアピールした。

結局、三十分も並んでディモンシュでコーヒーを飲んだ。市場を見たり、海に散歩に行ったりしているとあっという間に夜になった。蕎麦《そば》懐石の店で早めの夕食を食べ、鎌倉山に帰った。鎌倉はいいバーもいくつかあるよ、といっても、沙織は早く家に来たがった。

リビングでスモークナッツをつまみにウイスキーを飲んだ。ゆっくりお互いのことを語り合った。悪くはない時間だった。沙織は結婚の経験はないけれど、婚約破棄をしたことがあるという。

「よくある話といえばよくある話なんだけど、恋愛の段階が終わって、いざ結婚となると、いろいろ生活のこととか具体的にしていかなきゃいけないじゃない？　まあ、その前に結婚式とか披露宴どうすんの？　みたいなのがあったけど。そうなったとたんにわかっちゃったんだよね。彼の大いなる大いなる大いなる母親依存」

大いなるというところを強調して、三回も繰り返した。

「私だって、パパのこともママのことも大好きだし、家族で仲良いのは同じだよ。でも、彼の場合はレベルが違うの。すべての物事を自分のママの承諾なしには進められないっていうか。これは生活するの無理って思ったら、彼に対しての気持ちもすうっと冷めちゃったんだ。そうなると、前からちょっとだけ気になってたお箸の持ち方が合ってないとことか洟《はな》をかむ時に壮大な音を立ててるとことか、そういうのが全部生理的にダメになっちゃって。キスどころか触れられると気持ち悪くなるようになっちゃったんだよね。ひどいかもしれないけど」

「結婚してから別れるより、お互いにとって良かったんじゃない？　離婚ってものすごいエネルギー吸い取られるから」

「本当にそう思ってくれる？　他人にそう言われるだけで、気が楽になる。朋希さんはいつ離婚したの？」

「あ、うん……。半年前、かな？」

「わりと最近なんだ。まあ、いろいろあるよね」

沙織が婚約破棄の理由を話してくれたのに、自分が打ち明けないのはフェアじゃない気がした。

「うちの場合はね、子供のこと」

子供という単語が出た途端、沙織は一瞬目を見張ったような表情をして、こちらを覗《のぞ》き込んだ。ことの顚末《てんまつ》をかいつまんで、そして決して美春を貶《おとし》めないよう気をつけて話した。それでも、沙織は美春を非難した。

「結婚しておいて子供は欲しくないなんて、そんなのありなのかなあ。それなら恋愛だけ、同棲だけにしておけばいいのに」

「でもさ、結婚って子供のためだけにするものでもないよね」

「……。ん。確かに、それはそうかもしんないけど」

8

三月末、もうすぐ鎌倉山には桜のアーチができるなあと美春は思った。今は海沿いに住んでいるし、車はあの家に置いてきたから、鎌倉山に行くことはほとんどない。もうかなりの老木ばかりらしいが、桜の季節になるといつもはひっそりしている鎌倉山のメイン通りが華やぐのが好きだった。

女性同士のカップルの結婚披露宴の会場は東北から取り寄せた桜で埋め尽くした。朝から現場であれこれ作業をしていると、今日の撮影を担当するカメラマンから電話が入った。

「美春さん、本当にすみません。先ほど実家の母が危篤《きとく》だという連絡が入りまして。きちんと仕事をしてからお別れに駆けつけたいと思ったのですが、気が動転してまして、今日はとてもじゃないけれど、プロの仕事が出来なさそうです」

そこまでいうと、電話口の向こうから嗚咽《おえつ》が聞こえてきた。正直なところ、心の中で「マジかよ」とつぶやいた。

「わかりました。一刻も早くお母様の許に行ってあげてください。とにかく気持ちをしっかりと」

それだけいって、電話を切る。設営を後輩に頼み、大慌てで事務所に戻った。カメラマンのリストを開き、片っ端からメールと電話をするものの、週末にすぐ鎌倉まで駆けつけてくれる人が見つからない。困り果てた美春は深呼吸をしてから、朋希に電話をかけた。

「久しぶり。いい天気だねえ。鎌倉山の桜はまだ咲いてないよ。めずらしいね、電話くれるなんて。てか、離婚してから初めてじゃない？　どういう風の吹き回し？」

「うん。今日って空いてる？　実は……」

美春が事情を話すと、二つ返事で承諾してくれた。

「僕、プロのカメラマンじゃないけど大丈夫？」

「朋希の写真の仕上がりはよーくわかってる。それで頼んでるんだから大丈夫」

それは本心でもあるが、半分は不安もあった。いちかばちかだ。

朋希は一時間半後、美春がプレゼントしたライカM11とキヤノンのミラーレスと三脚を抱えてやってきた。キヤノンは急遽《きゅうきょ》友達に借りてくれたらしい。

新婦の一人のウエディングドレスは光沢のあるシルク生地でシンプルなものだった。襟ぐりが大きく開いているのとウエストの切り替えが交互に二重になっているのがポイントだ。もう一人は袖やスカートにたくさんのレースがあしらわれたもの。胸元の真珠のネックレスだけがお揃いだった。

朋希が美春からの電話を受け取った時、横には沙織がいた。その日の午後、鎌倉山の家に彼女の友人たちを呼んでいて、小さな庭でBBQをすることになっていた。自分は恋人として紹介されるのだろう。それなのに、突然朋希が出かけることになり、当たり前だが、沙織は不満をぶちまけた。昨日から肉をタレにつけたのに、とかなんとか。写真を頼まれたことは伝えたが、依頼主が元パートナーということは黙っていた。

「本当にごめん。式の撮影が済んだらすぐに帰ってくるから。そんなに遅くならないよ。鍵は預けるから、うちはお友達と好きに使ってて」

そういうと、やっと機嫌がなおった。

朋希はレンズを通して、パーティーに参加した。自分が撮影する写真が彼女たちの人生の証《あかし》になると思うと緊張した。参加している誰しもが積極的に彼女たちを祝福していることが伝わってきて、次第に緊張もほぐれた。このカップルは法律上は夫婦ではないかもしれないが、紛れもない「一組」だった。

披露宴が終わってから新婦たちに頼まれた。

「美春さんとも記念写真撮っていただけますか？　いろんな局面で背中を押してくださったので」

「もちろんです」

勝手に自分までほこらしい気持ちになる。紺色のスーツの美春は以前よりきれいになった気がする。まさか新しい恋人でもできたのだろうか。自分のことは棚に上げて心配になった。朋希まで、記念にと引き出物をもらってしまった。鎌倉彫《ぼり》のモダンなお盆だった。

「今日は本当に助かった。ありがとうね。ギャランティ、弾むからね」

「いいよ、そんなの。プロじゃないし。カメラは美春のプレゼントだし」

「ダメダメ。仕事として頼んだんだから」

家に戻ると、引き出物の袋は車のトランクに置いたまま、部屋に入った。沙織はすっかり楽しそうに友人たちと食べたり飲んだりしている。ほっとしてその輪に加わった。沙織は式の様子を具体的に知りたがった。友人たちも酔いもあるのか、楽しそうに質問を浴びせてきた。自分たちの参考にしたいもんねーとか、なんとか言いながら。

「ウエディングドレスはどんなの?」

「二人のドレスが対照的な感じで、写真的にはそれも良かったね」

「二人? 二人のドレスって? えっ。お嫁さんが二人ってこと?」

「そう。女性同士の結婚式だったからね」

「ああ。ふうん」

今までのはしゃぎっぷりが嘘のようにテンションが低くなった。みんなが帰った後、二人で後片付けをしている時、沙織がいった。

「朋希さん、私が思った以上にすごい人だった」

「すごい人？」

「だって、レズビアンの人たちとも接点あるなんて」

「今日、被写体として初めて会った人たちだよ」

「私、ゲイの人とは話したことあるけど、レズの人って見たことない」

「僕も今日初めて知り合った。いや、いたのかもしれない。僕が知らなかっただけで」

「どんな人たちなの？」

「どんなって、別に普通の女の人たちだよ。ゆっくり話したわけじゃないから人柄まではわからない。でも、感じのいい明るい人たちだったよ」

「そうなんだ。私、偏見はないよ。ううん、正直少しはあるかもしれないけれど、その偏見は恥ずかしいことだってことぐらいはわかってる。でもさ……」

「でも、何？」

「なんでわざわざ結婚するんだろう？　別に恋人同士でもよくない？」

「そりゃあお互い生涯この人と歩んでいきたいと思ったからなんじゃないの」

「それで、わざわざ結婚式までやるかなあ」

「自分のパートナーを周りの人たちに紹介したいっていうのはごく普通の感情だよ。別にゲイとかレズとか関係ないじゃん」

「彼女たち、永遠に自分たちの子供はできないわけでしょ。それでも結婚するの？」

「結婚とかウエディングパーティーって子供のためにやるもんじゃないじゃん。何が気に食わないの？」

「気に食わないとかじゃないの。理解ができないの」

子供を作るために結婚するわけではない。そう伝えようとして、それは自分自身にいうべき言葉だと気がついた。美春の気持ちがやっとわかった。

9

女性同士のカップルの結婚式から一年後、アポイントメントをとって朋希がホテルにやってきた。週末だというのにジャケットなんか着ている。美春が煎茶《せんちゃ》を出すと、ゆっくりとそれを味わってから姿勢を正した。

「あのう、もし可能なら結婚式を、よ、予約したいんだけれど」

「え、はい。そっかあ。もうそういう人が見つかったのね」

泣きたい気持ちになって、まだ朋希のことが好きなのだとはっきりわかった。でも、もう遅いのだ。離婚してから一年半。朋希はすっかり新しい扉を開けているらしい。声が震えないよう気をつけながら、話した。急に敬語になってしまう。

「お日にちはどうされますか？　季節のご希望がございますか？」

「それが、まだ相手の了解を取れていないんです」

「それは、私どもではなんとも……」

「あのさ、もう一度、僕と結婚してくれませんか？」

美春が驚いて、返事もできずにいると、朋希は自分の胸をぽんぽんと叩いてから語り始めた。あの結婚式に立ち会って、自分の中のあいまいなことがクリアになったこと。子供のことはなんとなく気になっていただけで、欲しいわけでもないとわかったこと。そして、何より、美春との暮らしを失いたくないこと。すべてを聞き終わってから、美春は一番の笑顔を作り、こう伝えた。

「お客様、当ホテルでは再婚の方のために『リ・スタート』というプランがございまして、ご好評をいただいております。そちらはいかがでしょうか」

二人で大笑いをした。

結婚式当日は見事な秋晴れだった。ホテルの庭にロングテーブルを作り、装飾はごくシンプルに仕上げた。目の前の海が最高のインテリアだ。小さなパーティーで、潮風に包まれながら、大切な人たちだけに二人の再出発を見届けてもらう。料理は相模湾の海の幸をたっぷり味わってもらうコース。供される皿は再婚プランのために作家に発注したもので、すべてに呉須《ごす》色で「re」と入っている。

このプランの恒例となった元パートナーからの動画メッセージは、自分たちが出演して、一度別れてから再婚するまでのことを話した。引き出物は、金継ぎされた器たち。自分たちのものだけでなく、ホテルで知り合いの飲食店に頼み、割れて使えなくなった器を引き取って、金継ぎに出した。鎌倉には腕のいい金継ぎ作家が何人もいるのだ。それを和紙で包み、ホテル特製のクッキー缶と一緒に引き出物にした。一度割れたものでも、継いでみるとまた違った景色が見える。自分たちもそうありたいと思った。そして、来客全員が同じものでなくてもいいというのも、自分たちなりのメッセージだった。

衣装はドレスではなく、白いブラウスとフレアスカートのような白いパンタロン。その方が動きやすい。何しろ、美春はインカムをつけてパーティーに出るのだから。

他のスタッフたちには「花嫁がインカムつけて指示を出すなんて」「その時だけはお客様でいてくださいよ」といわれたけれど、その方が自分らしいと思った。朋希は張り切って、タキシードを新調した。

乾杯の音頭は井崎大山。朋希が担当する軽井沢《かるいざわ》の別荘プロジェクトの建築家が大山なのだ。打ち合わせの時に鎌倉山の葉っぱの形の家に住んでいると告げると喜んで、一度遊びに来た。その時に、二人のいきさつと再婚式のことを話すとおもしろがって、乾杯の音頭を引き受けてくれたのだった。

渋滞に巻き込まれて、時間ぎりぎりに大山はやってきた。

「美春さん、朋希くん、おめでとうございます。お二人は僕が初めて作った家に住んでいらっしゃいます。あれを建てて、少しは注目された頃には、注目されればされるほど、あそこをこうすればよかった、やっぱりこっちにすべきだった、と後悔しておりました。そのうちにどんどん忙しくなって、大きな賞もいただいたりしているうちに、そうした後悔も心の隅っこにいっちゃっていたんです。朋希くんと知り合ってあの家に三十年ぶりに行ったら、昔の後悔がすうっと消えました。家なんてどんなに完璧に作ったとしても、そんなの完成した時だけです。毎日使うわけだし、住む人の生活だってどんどん変化するんですから。住む人の生活の変化をちゃんと受け止められるのがいい家なんだと思います。お二人の住む家には日々の生き生きとした暮らしが収まっていた。それがすばらしい！　みなさま、お二人の日々に乾杯！」

美春は来場者たち全員がグラスを掲げるのを確認してから、隣の朋希を向いてグラスを掲げた。陽光が海に反射して、無数の光が輝いていた。

# 第二話　拡張家族

# 1

箱根《はこね》は紅葉が始まっていた。

結婚記念日の旅行だ。真子《まこ》と久郎《くろう》は昨日で結婚十年を迎えた。

他人からはそう見えないかもしれないが、自分たちはとてもバランスの良い夫婦だと真子は思う。子育ては協力してやっているし、お互いの仕事を尊重して家事の分担もそこそこうまくいっている。のろけに聞こえたら申し訳ないけれど、何より相手を男だとか女だとかではなく、人として尊敬しあっている。久郎は二つ年上だが、年収は真子の方が高い。しかし、久郎はそんなことを気にする古いタイプではない。平日は精一杯仕事をして、週末は精一杯「家族」をする。二人でそういう生き方というか暮らし方ができるのは、久郎の母がマンションの隣に引っ越してくれたからだ。同居でなくていいのかと久郎に聞いたら、生活はあくまでも別々の方がいいという返事だった。

家事は実はかなりの部分を義母に頼りっぱなし。平日は小学生の息子の面倒も彼女が担っている。「義母様様」なのだ。この二泊三日の旅行中、息子はもちろん義母の家に泊まる。

ここ数年、結婚記念日に二人で短い国内旅行をするのが恒例だった。一昨年は熱海、昨年は金沢《かなざわ》。今年は軽井沢と迷って箱根にした。毎回、真子が旅行先を決め、ホテルを予約している。宿泊費は真子のカードで支払われる。取り決めたわけではないけれど、なんとなくそうなった。これから先もそれは変わらないだろう。来年は二人とも長く休みが取れたらニセコに行ってみたいと思っている。ずっとずっと先のことだけれど、二人が定年退職したら船旅なんていうのもいいかもしれない。そんなことを考えると張り切って仕事をする気になるのが、自分でもおかしい。昭和のお父さんみたいだ。結婚前まではおしゃれと美容と恋バナが三大関心事だったのに。

真子と久郎は十年前、妊娠をきっかけに結婚した。付き合いも浅かったし、妊娠しなかったら別れていたかもしれないとも思う。でも、結婚した。タイミングが二人の背中を押した。結婚と妊娠を境に関心も生き方も大きく変わった。息子の海斗《かいと》が生まれるタイミングとほぼ同時に、久郎の父が亡くなった。悲しみと喜びが一度にやってきた。落ち込む義母を二人で励まし、息子の海斗と頻繁に会わせた。彼に触れている時間が義母を立ち直らせたといってもいいと思う。困難を三人で、いや四人で乗り切った。そうしているうちにマンションの隣の部屋が空いたのだった。義母は少し迷ったけれど一軒家を売り、ここに引っ越してきた。二世帯住宅未満の暮らしが始まった。

今回の滞在は金谷《かなや》リゾートである。仙石原《せんごくはら》にある十四室だけの小さなホテルだ。森の中にいるような感じがすばらしいと同僚が話していたので、ここに決めた。ちょっと(いや、かなり)予算をオーバーしてしまいコートの新調はあきらめた。

ホテルに大浴場はなく、各部屋に内風呂がついている。源泉は大涌谷《おおわくだに》だが、大涌谷は酸性が強いので加水や加温をしているという。風呂は二人で浸《つ》かるのに充分な大きさだった。お湯が肌にまとわりつく感じが心地よい。地下のレストランでの夕食の後も、温泉に浸かった。

風呂から上がると二人ともバスローブを羽織った。真子はその下に、シルクカシミア製のショーツとキャミソールをつけた。ベージュピンクのそれは、この夜のために新調した。結婚記念日旅行は、普段はほぼレスな自分たちがお互いの身体を思い出すためでもある。当然、それを見越しての下着だった。

「ビールでも飲む？　いきなりこっちいく？」

真子はこの日のために買っておいたワインボトルを手にとった。シャンボール・ミュジニーのピノ・ノワールだ。

「うん……。そうしよっか」

久郎はあいまいに返事をした。

普段、真子は赤ワインを滅多に飲まない。赤ワインが大好きで、赤ワインを特別視しているからだ。赤は心からおいしいと思うものしか身体に入れたくない。赤こそおいしさと値段は比例すると信じていて、必然的にそうしょっちゅう高価な赤ワインは飲めないから、たまのイベントとなる。

ソムリエナイフで慎重にキャップシールを剝ぎ、コルクをゆっくりと持ち上げる。途端に、ふわっと香りがあふれてきた。匂いたつ、という表現がぴったりだ。もっといろいろな言葉が頭に浮かんだら楽しいだろうけれど、他に思いつかなかった。真子がワインを舌に染み込ませるように口に含んでいると、久郎はビールか何かのように勢いよく飲み干し、ふうっと口から空気を出した。かちんときたけれど、味わい方は人それぞれと自分を納得させ、言葉をかける。

「おいしいよねえ、やっぱり。香りが違う」

「ああ、まあ、そうだね。こういうの、高い酒の味っていうの？」

「そんな身も蓋《ふた》もないいい方しないでよ」

「でも、僕、ワインなんてよくわかんないからさ」

「わかるわからないじゃなくて、おいしいって感じることが大切なんじゃないの」

「はいはい。失礼しました」

それから二人は時間をかけてワインを味わった。食事の時もワインを飲んでいたので、ボトルが空になる頃には二人ともかなり酔っ払っていた。久郎は冷蔵庫から缶ビールを取り出し、グラスも使わずにそのまま口にした。ぐびぐびと喉《のど》を鳴らして、それを飲む。真子は、後でそこにもキスしよう、などと思いながら、喉仏が動くのを眺めていた。

「あのさ、旅行の間にいうかどうか迷ってたんだけど」

「ん？　なあに？」

「いいにくいんだけど」

「なによー、改まって」

「離婚」

「えっ？」

「離婚したいんだ」

「誰が？」

「いや、僕が。すぐにとはいわない。海斗が中学生になったタイミングでどうかなと思ってる」

「なんの冗談？　あ、サプライズかなんか？」

「それが違うんだ。真剣にいう、別れたい。考えてくれないかな」

呼吸が止まった。この人は、何と言っているのだろうか、胸が苦しいし、部屋の景色がぼんやりと見える。スピーカーから流れるナタリー・コールの歌声が遠くに聴こえる。やっとのことでトイレに行き、鏡にうつった自分を確認した。すっぴんの顔は酒で赤く染まり、風呂上がりの髪はところどころ濡れてぼさぼさ、目はうつろだ。とりあえず歯を磨き、頬をぱんぱんと叩いて、深呼吸をして部屋に戻った。

久郎がテーブルに手をつき、大袈裟《おおげさ》に頭を下げた。

「ごめんなさい」

「なんで私、謝られるの？　こっちは認めたわけじゃないから」

いつの間にかナタリー・コールは消されていた。意を決して、一番知りたくないことを聞いてみた。

「誰か好きな人でもできたの？」

「そういうことではない。そっち方面では決してない」

「じゃあ、なんでよ」

「ずっと考えてたんだけど、家族っていう囲いから解放されたい。自由になりたい……」

気が付くと久郎のことを引《ひ》っ叩《ぱた》いていた。鋭い音に自分でも驚いた。平手打ちがスタートの合図のように、久郎は饒舌《じょうぜつ》になった。自分がなぜ離婚したいのかを語った。いくら聞いても抽象的な言葉ばかりが重なって、何がいけないのか、どうしたら解決できるか、まったくわからない。挙げ句の果て「本当の自分を探したい」などと、十代の若者かと思うようなことをいう。久郎は否定したが、好きな相手ができたのではないかという疑いは晴れない。

真子はしばらくするとワインの酔いもすっかり醒め、普段の自分らしい冷静さが戻ってきた。今は相手のことを否定せず、心に溜まっているものを吐き出させた方が得策と真子は考えた。

「さっきは引っ叩いたりしてごめんね。私も動揺しちゃって。クロは何がそんなに苦しいのかな？」

「真子といると、いやでも自分の小ささを突きつけられるんだ。僕はだらしないし、男らしくもないし、取り柄なんてないしさ。真子は漫画の編集者として生き生きやっていて、ヒットだっていくつも生み出している。『君がいない世の中は』なんて、誰でも知ってる国民的漫画だよ」

「私が描いたわけじゃないでしょ。それに編集だって何人かのチームがあるし」

真子が説明しても、久郎は聞いている様子もなく言葉を吐き出し続けた。

「それに比べて僕はどうよ。開発者としてやってきて、四十になったらいきなりお払い箱で慣れない営業だよ。理不尽な奴らに嫌味いわれて、パシリみたいに扱われてさ。で、家に帰ると、毎日母さんが隣からやってきて、褒《ほ》めて欲しそうな顔してあれこれ世話を焼くんだよ。別に、海斗が食べるもの無農薬にしてくれなんて頼んでもいないのに。僕はもっと素朴に生きていきたいの」

「ちょっと、私に対してはまだしも、お義母《かあ》さんに対してひどい……」

「わかってるよ。そんなふうに思ってしまう自分がいやなんだ」

とにかく自分は劣等感から解放されて生き直したいなどと、のたまった。家事はほぼ義母に任せ、家庭の運営は真子に押し付け、自分は育児の甘くておいしい部分だけをすくい取って味わっていたくせに。もう少しで口に出してしまいそうな言葉を、無理やり飲み込んだ。

もう一つ衝撃だったのは、久郎が二ヵ月前に会社を辞めていたことだ。せっかく冷静さを取り戻していたのに、つい声を荒らげてしまった。

「どうしてそんな大切なこと、私にいわないで決めちゃったの？」

「いったよ。今の仕事合わない、転職したいって、何度もね。朝ごはんの時にいったら、真子はなんていったか覚えてる？」

「ん。…………。なんだっけ」

「いい歳して社会人一年目みたいに五月病なの？　って。次の日にもいったら、まるでおじさんの厨二病《ちゆうに》って笑ってた。おじさんの厨二病、漫画になりそうとまでいってたよ。ちゃかちゃかとウインナー詰めたり目玉焼き作りながらさ」

「ウインナー詰めたり目玉焼きを作っているのがわかっているのなら、そんなタイミングで会社辞める話なんかしないで欲しいんだけど。だいたい、離婚して仕事も辞めて、どうやって暮らしていくつもり？　再就職の当てはあるわけ？　マンションのローンだって残ってるんだよ。海斗はどうやって育てるのよ」

「それはちゃんと考えて、海斗が傷つかないようにしたいと思ってる。中学生まであと一年弱だろ。計画的に段階を踏んで……」

「計画的にって、どうせ何にも考えてないんでしょ。あのさ、私たち親なんだよ。海斗に対して責任があるでしょ」

できる限り落ち着いていったつもりだが、どうしてもきつい口調になってしまう。

「そうだよ。その通りだよ。いつだって真子が正しい。僕が間違ってる。自覚はあるよ。その正しさが僕にはうっとうしいんだよ。いっつも責められてる気がする」

目の前にいるこの男は誰なんだ？　真子の知っている久郎と誰かが入れ替わったのではないだろうか。そして、久郎の言葉を通して語られる自分や義母もまるで見知らぬ誰かのような気がした。

翌日になると、久郎はいいたいことを吐き出してしまったせいか、すっきりした表情だった。真子は無言で朝食をとった。といっても食欲などわかなかった。サービスの人が気を遣って話しかけてくれても、相槌《あいづち》ぐらいしか返事ができなかった。とにかく息子に会いたい。決して自分を裏切らない存在に触れたかった。

部屋に戻ると、真子はいった。

「こんな気持ちで楽しく旅行なんてできない。切り上げてもう帰ろう」

「そんなのもったいないよ。今更キャンセルしたって百パー料金取られるじゃん。ここ、高いでしょう」

「はあ？　キャンセル料払ってでも私は帰る。じゃあクロ一人で泊まったら？　車は私が乗って帰るからね」

そういうと、久郎は黙った。

「私が帰ったら、まさか女の人呼んだりしないよね？」

「だから、そんな人はいないって。じゃあいいよ。もう旅行はやめよう」

まるでこちらに非があるかのような口調だった。前倒しのチェックアウトの時は、不幸があったので、と嘘をついた。ホテルのスタッフたちに、御愁《しゅうしょう》傷様でございます、と深々と頭を下げられた。

ホテルを出ても、まだ家には帰りたくないという久郎を箱根湯本《ゆもと》駅で降ろした。もう勝手にしろという気持ちだった。

昭和の歌謡曲を爆音で聴きながら、東名高速を走った。「難破船」「ありがとう　あなた」「かもめはかもめ」「わかれうた」など。みんな自分のことを歌っているように思えてくる。時々大声で歌い、気兼ねなく涙を流した。横浜町田《まちだ》の手前にきて、スピード違反で捕まった。三十キロオーバーだった。泣き顔のまま切符を切られた。

マンションに着いて隣の義母の家に海斗を迎えに行くと、おばあちゃん特製のたらこスパゲッティを食べていた。二人とも一日早い帰宅に驚いた。

「仕事が立て込んじゃって、どうしても帰らないとならなくなったもので」

「まあ、それはかわいそうにねえ。で、久郎は？」

「温泉入ってから、夜までには帰るそうです」

「あら、そうなの。真子さん、忙しいんだったら、そのまま海斗ちゃん預かりましょうか？」

「いいえ、大丈夫です。海斗、ママと一緒に帰りましょう」

がんばって笑顔を作ったけれど、きっとひきつっていただろう。

## 2

稲村ヶ崎駅に降り立つと、潮の香りに包まれた。この匂いに出会う度になつかしい気持ちになる。真子はここで生まれ、ここで大人になった。

鎌倉は海と山の街だ。稲村ヶ崎も同様で、海のすぐ先には小さな山がいくつも連なっている。そのうちの一つの中腹に建つ古い日本家屋が真子の実家だ。今は叔母の梓《あずさ》が一人で住んで、家を管理している。叔母といっても、父とは随分と歳の離れた妹で、真子とは年齢も近い。真子の祖母の事情で彼女もこの家で一緒に育ったこともあり、半ば姉のような存在だ。真子は就職のタイミングで家を出て、その後すぐに真子の両親は転勤で関西に引っ越したが、梓は一人でこの家に住み続けた。築九十年、部屋数十。あの頃はわかっていなかったが、女性がここに一人で住むのはいろいろと大変に違いない。

梓は友人と一緒に横浜で小さなライフスタイルの輸入商社を営んでいる。恋人はいたりいなかったりだが、ずっと独身だ。ファッションとお酒とフランス映画が大好きで、自分の直感を信じ、それに従って好き勝手に生きているように真子には見えた。自由な彼女の唯一の重しがこの鎌倉の家なのだ。

家の裏には久郎と海斗のサーフボードが置いてある。学生時代にサーフィンをかじった久郎は結婚して稲村ヶ崎の家に出入りするようになって、それを再開した。海斗にも教えると、すっかり夢中になった。家族で度々ここに来ては、二人は海、真子は梓と散歩をしたりお茶をしに行ったりする。梓はいつも海斗のために、彼が好きな鳩《はと》サブレーを用意してくれる。

でも、今日は真子一人でやってきた。彼女に久郎のことを聞いてもらいたかった。話しているうちに、きっと自分の考えがまとまるはずと考えた。

この日は午後から鎌倉にいるという梓に合わせて、真子は夕方になる前に会社を出た。白ワインと、白ワインにはあまり合わないが梓が好きなエポワスというウォッシュチーズを持って新橋《しんばし》駅から横須賀線の下りに乗った。

なるべく冷静に最近のことを話すと、梓は、まずは別居してみたらどうかという。

「そうしたら、今までの生活のありがたみがわかるんじゃないの」

そこまでは真子も考えてみたことだった。ところが、梓はこう続けた。

「ねえ、真子ちゃん、海斗とここに引っ越してきなさいよ。この家で離婚のシミュレーションしてみれば？　私もそろそろここを出たいし」

驚いた。離婚のシミュレーションという言葉より、彼女がここを出たがっていることが衝撃だった。父より母より誰よりもこの家を大切に思っているのが彼女だと思っていた。梓いわく、今は自分の名義になっているが、自分は子供を産むつもりはないし、年齢的にも産むこともないだろうから、将来的には真子に相続してほしいと前から考えていたそうだ。

「家って使っていないと朽ちちゃうでしょ。うちみたいな古い家なら尚更よ。だから別荘だのセカンドハウスだのではなくて、ちゃんと住んでほしいの。信頼できる誰かに貸すことも考えたんだけれど、どうしても他人がここに住むイメージがわかなくて」

「こっちはアズちゃんがここを離れるなんて想像つかない」

「なによー、それ」

「でも、仮に今のマンション出るとしたら、ここが一番落ち着くといえば落ち着くかもなあ」

「いいアイデアでしょう。なんたってあなたが生まれて育った家なんだから。名義変更はずっと後でいいわよ。生前贈与になるわけだから、贈与税とかあるしさ」

具体的に相続の詳細まで話し始めた。弁護士に相談もしてあったという。離婚回避の相談に来たはずが、別の方向の相談になってしまった。

子供の頃は単なる古ぼけた家だとしか思えず、マンションに住んでいる友達がうらやましかった。就職して中目黒《なかめぐろ》のはずれの小さなワンルームマンションを借りて家を出る時は、社会への期待と不安で感傷的になる余裕もなかった。都内から稲村ヶ崎には小一時間で帰ってこられるし、実家の部屋は倉庫代わりにするつもりだった。両親が引っ越すことになり、売却するか残すかという家族会議があったことはおぼろげに覚えているが、若かった真子は関心もなく、会議には参加しなかった。結局、梓が住み続けることになった。それをきっかけに、二部屋をぶち抜いてダイニングルームへと改修したり、部屋によっては畳《たたみ》を床張りにしたり、暮らしやすいように多少の改築があった。

気が向いた時だけ帰る真子を、梓はいつでも明るく迎え入れてくれた。いつの間にかソファはモダンなパープルに張り替えられたり、床の間に飾る花器は海外の作家のものが使われたりしていた。月に一度、プロが来て家中を磨いていく。出入りの植木屋さんも変わらず、月に一度庭の手入れにくる。それらの費用はずっと父が出していると知ったのは最近だ。

管理したり、費用を負担したり、この家が変わらずここに存在するために梓や父は心やお金をかけている。なにも考えず気まぐれにやって来て、好きなように使うことを少しうしろめたく思うようになった。

そんな真子にこの家に住んだらどうかと梓はいう。今まで考えたこともなかったが、一瞬にしてここで暮らす自分が想像できた。野菜は農協で買って、魚は市場で漁師から買って、帰りに昔からある喫茶店でコーヒーを飲んで、秋には庭の柿を、冬には庭のレモンを採る。この家での暮らしを考えるだけで、気が紛れた。もしかしたら久郎も一緒に引っ越してくるという選択もあるだろうか。環境が変われば不満も収まるかもしれない。

さっきまで落ち込んでいたが、今は心が半分ぐらいの重さになった。梓は真子を丸め込もうと、あの手この手で口説いてきた。白ワインがまだ残っているうちに、セラーからオーパスワンを取り出した。カリフォルニアを代表する高級ワインだ。ラベルには2018とある。確か当たり年のはずだ。

「真子ちゃん、こっちのワインのが好きなんじゃない？」

「好きとかじゃなくて、オーパスワンなんて飲んだことないよ。アズちゃん、いつの間にそんなの手に入れたの」

「知らなかった？　前からあるよ。真子パパのよ」

「怒られるよ、勝手に飲んだら」

「真子ちゃんがこの家に住む記念なら、むしろ喜ぶわよ」

「いや、まだ決めたわけじゃないからね」

梓はなんの迷いもなく、キャップシールを剝がし、赤茶色の液体を新しいグラスに注《つ》いだ。初めて飲んだオーパスワンは確かにおいしかった。カリフォルニアの太陽の味がした。とでも、いっておこう。相変わらずワインに関する語彙《ごい》が乏しい。

久郎とは海斗が眠った後に何度か話し合いを持った。抽象的だった不満が少しずつ具体的になった。

真子が間違えて久郎の歯ブラシを使い、それを注意しても気をつけてくれるどころか、そんな小さなことを気にするなんて人としてどうかと思うと言われたこと。手洗いをしようと置いておいた大切なトレーナーを洗濯機に放り込んで縮めたこと。何度いっても、トイレの電気を消さないこと。自分が炭酸水の補充をしているのに、一度もお礼をいわれていないこと。などなどなどなど、だそうだ。

「そんなちっちゃなことで離婚って、なんだかくやしくない？」

「だからさ、ちっちゃなことっていうけど、それが毎日のように何個もあるんだよ」

「それぐらい直すわよ。でも、いわれなきゃわかんないもん。だから……」

「その度にいってるよ。でも聞いてない。だから覚えてもいない。だいたいこっちが抗議しているのを器《うつわ》が小さいとかいったりそんなこと呼ばわりするんだから、もうそこですれ違ってるわけじゃん、おれたち。ほんとバカにしてるよな。ハラスメントってする側じゃなくてされる側が決めるの、編集者なら知ってるでしょ？」

「ハ、ハラ……、ハラスメント？　私が？　クロに対して？」

言葉が出なかった。すっかりうまくいっていると思っていた。久郎が我慢していただけなのか。いろんなことがばかばかしくなってしまった。俄然《がぜん》、離婚が現実的に見えてしまった。そうなったら、これは歯ブラシ離婚ということになるのだろうか。

「わかった。結局、私が悪いんだね。まずは別居から始めよっか。で、冷静になってみて、考えようよ」

「ありがとう……」

お礼をいわれて虚《むな》しくなるのは生まれて初めてだ。何より海斗に申し訳ない。彼のためにもう少し粘ろうかとも考えたが、両親がギクシャクしてまで一緒にいることが彼のためになるとも思えなかった。

海斗には、真子が話した。

「あのねえ、パパとママ、別々に暮らすかもしれない」

「ふうん。最近、仲良くなかったもんね」

「えっ。そんなことないよ」

「じゃあどうして別々に暮らすんだよ。うまくいかなくなったからでしょ。旅行だってほんとはケンカして早く帰ってきたんじゃないの?」

言葉が出なかった。

「まあ、パパとママだって男と女だもん。いろいろあるよな」

いつの間にそんなことをいうようになったのだろう。

「海斗はママと暮らそうよ」

「ママがさびしいなら、そうしてやってもいいよ。でも、もうパパと一緒に海に入れなくなるの？」

「大丈夫よ。ママが必ず海に連れてくるから」

それでもまだ表情がこわばっている。

「それでね、ママ、鎌倉の家で暮らすのはどうかなあなんて考えてるの。もし海斗が一緒に来てくれるのなら」

「えっ。まじ？　そうしたら毎日波乗りできるじゃん。ぼく、もっとうまくなりたいんだ。最近、ちゃんとターンもできるようになったし」

急に声が弾んだ。もっと迷うかと思ったら、サーフィンが好きな海斗は乗り気なくらいだった。中学になったら鎌倉の学校に通えばいいと思っていたが、海の友達がたくさんいるから、小学校のうちに転校してもいいという。

義母に伝える時は、久郎と揃って隣に行った。義母はしばし絶句した後に声を振り絞っていった。

「あなたたち、うまくいってるものだとばっかり思ってた。なんで、そんなことに。真子さん、この子にいたらないところがあったら直すよう私も努力しますから、なんとか離婚だけは……」

「ですからお義母さん、クロちゃ、いえ久郎さんのほうから一人になりたいといわれまして。いたらないのは、どうやらクロちゃんじゃなくて私のほうだそうです」

もはや義母の前でクロと呼ぼうが久郎さんと呼ぼうが、同じことだと開き直った。

久郎は横を向いて、ぼそっとつぶやいた。

「クロクロって、犬じゃないんだよ、こっちは」

もうダメだな、と真子は思った。

真子は十数年ぶりに鎌倉で暮らし始めた。梓はほとんどの家具を置いたまま、恋人の家に越して行った。彼女の部屋はそのままにしてあって、時々ふらりと帰ってくる。海斗はサーフィンスクールに入り、引っ越しから半年後に鎌倉市の中学校に進学した。

通勤時間は倍になったが、その間にゆっくり仕事のネームや積読《つんどく》になっている本を読めた。週末に食材のまとめ買いをするのが思いのほか楽しかった。鎌倉には日本で最初のマルシェである鎌倉市農業連即売所がある。そこでは何軒もの農家が連なって店を出しており、競い合うでもなく、協力し合うでもなく、同じ敷地の中で商売をする。ゆるい連携は遠い親戚のようでもあり、不思議な連帯感を醸《かも》し出していた。

梅雨《つゆ》の合間の晴れた週末、海斗は朝ごはんも早々にサーフィンスクールに行った。スクールが終わった後も、友達たちと海で練習するという。真子は食材の買い出しに行き、帰りに鎌倉駅前のロンディーノに寄った。学生時代によく行った喫茶店である。カフェではなく、喫茶店と呼ぶのが似合う佇まいだ。今は先代のマスターの娘が継いでいる。昔から一人客が多く、その日もカウンターには一人客が三人ほど座っていた。真子は「スパゲッティ」を注文した。ナポリタンのようでナポリタンではない、この店の人気メニューだ。具材はマッシュルームとひき肉だけ、それらに焦がしたトマトソースが絡めてある。

唇を真っ赤にして黙々とスパゲッティを頬張っていると、女性客が入ってきて、真子の隣の隣の席に座った。

「久しぶりに来たら、御成《おなり》通りすごい人ですねえ」

女性のマスターに話しかけ、ゴールデンキャメルとプリンを注文する声に聞き覚えがあると思ったら、中学校時代の親友ひじりだった。二人は間にいたおじさんが顔をしかめるほどの大きな声で再会を祝しあった。おじさんは不機嫌そうな表情ながらも、席を替わってくれた。

真子とひじりは中学時代、シュシュやキーホルダーをお揃いにしたり、同じ男の子を好きになったり、合宿と称して互いの家に泊まりあったりするほど仲が良かった。なんの合宿かといえば、二人が好きになった男の子の研究のためである。テレビ画面の向こうのアイドルなんかに夢中になるのは子供っぽい、身近にいる男の子を好きになることこそが高尚な趣味なのだと、あの頃の二人は本気で思っていた。健太郎《けんたろう》という男の子は藤沢《ふじさわ》からの転校生で、サッカー部に所属していたが、部活には熱心ではなく、試合にはあまり出ていなかった。背が高く色白、端整な顔立ちだったが、クールな外見とは裏腹によく喋《しゃべ》るノリのいいやつだった。研究の甲斐《かい》があって、三人は一緒に下校したり寄り道したりするようになった。彼の最大の欠点はすぐに女の子を顔やスタイルでジャッジすることだった。三人でいても、誰それさんが一番かわいい、スタイルだけなら誰それちゃんだと、真子とひじり以外の女子の最新ランキングをつけたがる。健太郎が学年で一番美人だったやや不良がかった女子と付き合いだした時、二人で由比ヶ浜の海に行き、波に向かって「ばかやろー」と叫んだ。そして、健太郎を無視するようになった。健太郎は大して気にするそぶりも見せず、美人な不良と仲良くしていた。

真子とひじりは家が近かったから別々の高校に進学してもよく遊んでいたが、高校を卒業してからは次第に疎遠になっていった。何があったわけでもない。真子は東京の大学に進学し、ひじりは美容専門学校に行き二十歳になる前に働き始めた。少しずつライフスタイルが重ならなくなった。

一度だけ同窓会で会ったが、それすらもう十年以上も前のことだ。

二人はコーヒーをお代わりし、かいつまんでこれまでのことを報告しあった。真子は離婚を前提とした別居中、息子が一人、最近実家に帰ってきたこと、ひじりは独身で、横浜で同棲中だということを、大急ぎで伝えあった。

「なつかしいなあ。真子のお家《うち》。庭に大きなレモンの木があったよね」

「よく覚えてるね」

「だって、真子のお姉さんがレモンもいで作ってくれたはちみつレモン、最高においしかったもん」

「ああ、アズちゃんね。前から言ってるけど、あれはお姉さんじゃない、叔母よ。ねえ、時間あるなら、これからうちに来ない？」

「いいの？　行く行く」

約二十年ぶりにひじりが稲村ヶ崎の家に遊びに来た。最初こそ広くなった居間や塗り替えられた壁やモダンになったインテリアに戸惑っていたが、すぐに昔のようにくつろいで、おしゃべりに夢中になった。同級生の近況について話していたかと思うと、閉店してしまった飲食店をなつかしんだり、観光客の多さを愚痴《ぐち》ったり。まるで、昨日も会っていたかのように話が弾み、話題は尽きない。

「私、横浜に住んでいるのに鎌倉に帰ってきたのって、かれこれ二年近くぶりなんだ。小町通りならまだしも御成通りまで観光客がたくさんいて、びっくりしちゃった」

「昔は地元の人しかいなかったよね。今日は実家に用事？」

そう聞くとひじりの表情が曇った。

「まあね」

「おじさんもおばさんも元気？　よろしくいってよ。またひじりん家《ち》にも遊びに行きたいな」

「わかった……」

といいつつ、急に歯切れが悪くなった。

「ねえ、どうしたの？　なんかあったの？」

「実はさー、今同棲している私の恋人って、女の人なんだ」

「え？　ひじりってそっちだったの？」

「そっちとかこっちとか、そういういい方しないでよ。差別、差別！　人権侵害！」

やっぱり私は久郎のいうように無神経なんだろうか。しゅんとする真子を見て、ひじりは笑った。

「冗談だよ、冗談」

パートナーである鈴子《すずこ》とは英会話教室で知り合ったという。レッスン帰りにご飯を食べに行ったりするうちに仲良くなった。火鍋を食べに行った時に同性愛者だと聞かされたが、まさか自分がその対象になるとは思わず、友達づきあいを続けていた。ひじりの英会話は挫折してしまったが、ある時、話があると呼び出され、夜景の見えるバーで「好きになった」と告白されたという。

「わ、王道〜」

「そうなの、LINEとかじゃないんだよね。そりゃあ戸惑ったよ。応えてあげられないと思ったしさ。でも、彼女と話していると楽しいの。彼女は友達でいいから自分のこと知って欲しいっていうし、一年ぐらいずっとそれに甘えてたんだけどね」

半年前から横浜の港南台《こうなんだい》のマンションで暮らし始めた。今では、心だけでなく肉体も含めて、リラックスして向き合える相手なのだそうだ。

「私はそれまで自分の気持ち良さより向こうの反応とかが気になっちゃうタイプだっ

たんだ。でも、今は違うの。気兼ねなく自分のことを追求できるっていうか。相手が女だからなのか鈴子だからなのか、私には他に女の人の経験がないからわからないよ。とにかく今はセックスが暮らしの中に溶け合っている感じなの」

「ふうん、ほとんどのろけだなあ。そんな相手と知り合えてよかったね」

「うん。最高。でもさあ、まさかセックスの相性を親に言うわけにはいかないし。うちの親、前より鎌倉に近くなったから一度マンションに来るっていうんだよね。どうしよう」

「セックスの話はさておき、ひじりのママたちならきっとわかってくれるよ。今は時代も変わってきているんだしさ」

「そんな簡単にいわないでよ。もし真子ん家の親だったらすんなり受け入れてくれると思うわけ？」

そんな話をしているところに、海斗が帰ってきた。ひじりは初めて会うかつての親友の息子に驚嘆の声をあげ、海斗の顔の中で真子に似ているところを探したり、それをからかったりと忙しい。海斗はやや引きながら相手をしていたけれど、途中で面倒になったのか、冷蔵庫を開けてチーズとジンジャエールをとって、自分の部屋に引っ込んでしまった。

「DNAっておもしろいね。あの子、真子というより、お姉さん、じゃなくて叔母さんだっけ？　あの人に似てる。目元なんかそっくり」

「そうお？　そういえば、前に三人で買い物していた時、アズちゃんをお母さんだと勘違いした人がいたかも」

「でしょう？」

同じ遺伝子のなせる業《わざ》なのだろうか。

3

夜中、海斗が真子を起こしに来た。雨の夜だった。ベッドサイドの時計を見ると、「2:45」と表示されていた。

「ママ、ぼくの部屋、雨漏りしてる。布団が濡れちゃったし、これじゃあ眠れないよ」

「えー？」

ぼんやりした頭のまま海斗の部屋に確認に行くと、確かに天井から水滴がリズミカルに滴《したた》り落ちて、布団を湿らせている。海斗は目をこすりながら、あくびをした。仕方なく、梓の部屋を使わせてもらうことにした。枕は海斗のものを持ってきて、掛け布団は梓のもの、マットレスには新しいシーツを敷いた。海斗は新しい寝床に入った途端に寝息をたて始めたが、真子は夜中にいろいろと作業をしたせいか、すっかり目が冴えてしまった。キッチンに行き、棚からジンを取り出して炭酸水で割り、はちみつを入れてすだちを絞った。

古い家のアクシデントの多さは想像以上だった。部屋数が多いので単純に分母が大きいせいもあるのだろうが、人間にたとえたらとっくに引退している年数なのだ。戸が開かなくなることなんて日常茶飯事。突然どこかが壊れる度に憂鬱《ゆううつ》になった。梓が、台風で庭の木が倒れて怖かった、出て行きたくなったと言っていた時は、大げさだなあと思っていたが、今ではその気持ちがよくわかる。

やっと眠気が戻ってきたのは午前四時だった。

起きてから、出勤前に古くから出入りしている大工さんに電話をかける。立て込んでいて、修理に来られるのは翌週の金曜とのことだった。翌週金曜、真子は出張中だが、神戸《こうべ》から母が泊まりに来てくれるので、母に対応を頼むことにした。それまで海斗は梓の部屋で眠らせよう。マンションにいた時は、業者さんの対応も宅配便の受け取りも出張中の海斗の面倒も、隣に住む義母が気軽に引き受けてくれた。仕事をしながらすべて自分でこなしていると時々心が折れそうになる。

　出張先は福岡だ。二泊三日で、人気作家の講演会と取材のアテンドである。漫画編集部に異動する前の週刊誌時代、連載を担当していた作家で、彼の原作漫画を企画したこともあり、今でもこうしてアテンドする機会がある。

　出張が明日に迫った木曜の午後、神戸の母からＬＩＮＥがあった。父が階段から足を滑らせ、骨折したという。急いで電話をかけると、母は平謝りだった。

「お父さん、手術するほどでもないんだけど、松葉杖になっちゃってねえ。私が付き添っていないと何にもできない状態なのよ。今になって本当に申し訳ないんだけど、そっちには行けないわ。誰か、いないの？　留守中に面倒見てくれる人」

「今更ぁ？　もうーパパ、何やってんのよ。今になって困るわ。アズちゃんに聞いてみるから、切るよ」

　梓に連絡をしたが、イタリアからの来客で梓もずっとアテンドだという。夜泊まるだけなら行けなくはないけれど、大工さんの対応や海斗の食事を用意するのは無理とのことだった。

　今日の明日という切羽詰まったスケジュールの上に、これから会議が二本もある。まず頭に浮かんだのは久郎だった。まだ無職のままなのだろうか。しかし、意地でも彼に頼りたくない。真子は三分ほど考えて、引っ越しの日以来、連絡を取っていない義母にＬＩＮＥをした。引っ越しの日、おむすびをたくさん作って持たせてくれた。最後まで、息子が申し訳ない、できることなら考え直して欲しい、といっていた。

——お義母様。ご無沙汰しております。お元気でいらっしゃいますか。などと悠長なことをいっていられない事態に直面し、こうしてあつかましくも連絡いたしました。私、明日朝から三日間、福岡に出張に参ります。私の母が留守番に来てくれることになっていたのですが、父の骨折という不測の事態が起きてしまい、困り果てております。本当に本当に勝手なお願いですが、明日から鎌倉の家にきて、海斗の面倒を見ていただけないでしょうか。海斗も中学生になりましたので、たいていのことは自分でできますが、さすがに三日間一人で置いておくのは不安です。以前、夏休みにご一緒した私の実家です。

すぐに返事が来た。

——真子さん、お久しぶりです。お困りのようですね。私でよければ、もちろん伺います。そんな時に思い出してくださって、ありがとう。海斗ちゃんに会えるのは本当に嬉しい。同時に、久郎が不甲斐なく、母親として情けなく思います。明日、何時に伺えばよろしいでしょうか。毎朝、五時半には起きておりますから、何時でもかまいません。

ほっとした。会議を終えてから改めて連絡をして、大工の対応も頼んだ。

出張中は心置きなく仕事に集中し、最後の夜は作家をホテルに送り届けてから、久しぶりに会う週刊誌の編集部の仲間たちと中洲《なかす》の街に繰り出した。帰宅時間を気にせず酒を飲み、酔っ払った。

土産に高級明太子と辛子蓮根《れんこん》を買って、鎌倉の家に帰った。雨漏りは修理されていて、梓の部屋は元通りに片付いていた。食卓には義母が作った夕食が所狭しと並んでいた。手巻き寿司のセットだけではなく、コロッケ、にんじんともやしのナムル、卵焼きもある。まるでホームパーティーのようだ。海斗ははしゃいで寿司を巻き、頬張っている。そういう姿を見ると、大人びたことをいうようになったけれど、まだ子供なのだなあと思う。

「これならサーフィンの友達呼べばよかったなあ。次はそうしていい？　ばあば、また来るよね？」

「そうねえ」

義母はそういいながら、ちらっと真子の表情をうかがった。真子はあいまいな笑顔を返した。

義母によれば、久郎は何か仕事を見つけたらしく、カジュアルな格好でどこかに出かけ、夜遅くまで帰らないこともあるそうだ。ほとんど交流がなく、時々差し入れを作ってドアにかけておいても、連絡がないので食べているかどうかもわからない。

「なんの仕事をしているのか聞いてみたんだけれど、教えてくれないのよ。私に話すと小言ばかりだからうっとうしいのかしら。なまじ隣に住んでいると、余計な不安ばかりになるわね」

夕食が終わると洗い物を済ませて、義母は稲村ヶ崎を後にした。彼女が帰ってから、ぴかぴかに磨かれた風呂場ときっちりと畳まれた洗濯物を見たら、涙があふれてしまった。洗濯物に顔を埋《うず》めると、控えめに柔軟剤の香りがした。後悔と安堵《あんど》。ぴんと張っていた糸がふいに切れた感じだった。

それから、度々義母に家のことを頼んだ。最初のうちこそ「海斗が会いたがっている」「仕事が立て込んでいて家の中がぐちゃぐちゃなので」等々、それらしい理由をつけていたが、だんだん日程の連絡だけになった。定期的に義母が泊まりがけで来てくれるおかげで、家の中はいつも片付いている。洗濯物が溜まってしまい、慌てて新しいパジャマや下着をポチることもなくなった。

人間関係や環境が少しずつ住む場所に合わせて変わっていく。ひじりともしょっちゅう連絡を取るようになった。

ひじりは鈴子を連れて実家に帰り、両親に彼女が自分のパートナーだと伝えると、とても驚かれたという。父親はショックを受け、黙り込んでしまった。せっかく両親が頼んでくれたつるやの鰻重《うなじゅう》も味がしなかった。箸が重くなったひじりをよそに、鈴子は美味しそうに平らげていたそうだ。ひじりはいった。

「反対されたわけではないの。まあ結婚するとかじゃないから、反対のしようもないけど。無視とも違う。固まっちゃった、というのが一番近いかな。うちの親にも鈴子という人を理解してもらいたいんだけどなあ」

ひじりは真子にも彼女を紹介したいといい、二人で稲村ヶ崎の家に泊まりがけで遊びに来ることになった。ちょうど義母が来るタイミングで、布団を干したり、家中を掃除してくれたりして大助かりだった。それだけでなく、海斗を連れ出してくれるという。ガーデンハウスのテラス席を予約すると、海斗は大喜びだった。彼はここのパンケーキが大好きなのだ。

義母と海斗が出かける支度をしていると、ひじりと鈴子がやってきた。鈴子は涼しげな目元の美しい人だった。義母には二人の関係性を告げずに二人を紹介し、二人には義母を紹介した。

「こちらは美津子《みつこ》さん。海斗のおばあちゃんで、別居中のダンナのお母さん」

ひじりは少々緊張した顔で挨拶をしたが、鈴子はごく自然な笑顔を義母に向けた。

「美津子さんてお呼びしてよろしいでしょうか。今日はお世話になります」

海斗がお気に入りのキャップを被って、部屋から飛び出してきた。

「あ、この間のおばち、いえ、お姉さん」

「今、おばちゃんていおうとしたでしょう？」

「してないよ。ちゃんとお姉さんっていったでしょ」

鈴子は二人の会話に加わった。

「ねえ、海斗くん、おばちゃんとかお姉ちゃんじゃなくて、ひじりちゃんって呼んであげてよ。照れくさいかもしれないけど」

「はあい」

海斗はそう返事はしたものの、ひじりちゃんとは呼ばないまま、美津子と出かけていった。

鈴子のためにひじりからのリクエストでつるやの鰻重の出前を頼んだ。鈴子いわく、

「私、九州の離れ小島出身なんで、こういう蒸し焼きっていうんですか、関東のふわっとした鰻がいまだに珍しくて。この間、ひじりちゃんの実家で食べたら感動しちゃいました」

「うちの両親の凍りつきかた、ひどかったのよ。あの状況で、よくもまあ鰻を味わえたよね」

「だって私は慣れてるもん。最近世間の見方も少しは変わったけど、それは同性愛者全体への視線であって、自分がよく知っている誰かがそうだったとしたら、やっぱりすぐには理解できないものよ。仕方がないと思ってる」

ひじりは少し照れくさそうにいった。

「彼女がずっとこんな偏見を受けて生きてきたのかと思うと、より一層、自分が大切にしなきゃって感じたの。だから、私、職場でも友達にも積極的に公表していくつもりなんだ。まずはうちの親を納得させなきゃ」

鈴子の表情が曇った。

「私の家族はきちんと受け入れて、応援してくれているけど、そんなのはめずらしいんじゃないかなあ。みんながうちの家族のようにはいかないよ」

真子は、ひじりの両親の顔を思い浮かべた。鎌倉彫の小さな店を営む夫婦で、実直で普通の人たちだ。と思いつつ、普通ってなんだろう？　とも思う。

三人は鰻重を食べ終えると、美津子が作りおいてくれた惣菜《そうざい》をつまみにワインを飲み、語り合った。鈴子は酒が強く、途中から焼酎をロックで飲み始めた。二人の中学時代のエピソードをおもしろがり、「健太郎」の話題で盛り上がった。

「私とひじりで学校帰りに家に寄ったことがあったじゃない。鎌倉山のすごい変わった形だったよね。なんか葉っぱの形の建物だった記憶がある」

「そうそう。あれさ、実は井崎大山の建築らしいよ。初期の作品なんだって、大人になってから聞いた」

「えー、知らなかった。大山っていったら私でも知ってる。大物じゃん」

「まだあるのかなあ？　あの家」

鈴子が葉っぱの形の家を見たがった。次の日、散歩がてらみんなで探してみることになった。健太郎は隣街に引っ越してもう居ないはずだけれど、なんとなくうきうきした。

翌朝、海斗も美津子さんも一緒にテーブルを囲み、朝食をとった。美津子さんが用意してくれたのは、焼き鮭、ほうれん草のバター炒め、卵焼き、きゅうりの浅漬け、豆腐とネギのおみおつけ。

「わあ。おいしそう。私たち、朝はせいぜいトーストとゆで卵だから、うれしいよね」

ひじりが鈴子に向かってそういうと、美津子さんは不思議そうにいった。

「あら、あなたたち、一緒に住んでるの？」

「あっ……、ええ、まあ」

「ルームメイトってわけね。仲がいいのねえ。私は昔、五人家族のご飯を毎日用意してたの。これくらいは文字通り朝飯前よ。最近は自分のご飯しか作らないから、張り合いがなくって」

朝ご飯の片付けは真子と海斗で担当した。普段から週末はなるべく海斗に手伝わせているので、彼も慣れたものだ。

午後、旧健太郎邸を探しに鎌倉山に散歩に行った。

鎌倉山の大通りにはソメイヨシノがたくさん植えてあるので桜の季節だけは観光客が増えるが、普段あまり人は歩いておらず、ひっそりとしている。

「大通りから少しだけ奥まったところだったはず」という真子とひじりのおぼろげな記憶を頼りに、裏通りを一本ずつ確認した。けれど、なかなか見つからず、もう取り壊されてしまったのかとあきらめかけた時、ひじりが叫んだ。

「あ！　あれだ！」

そこには以前と変わらない、葉っぱの形をした家が小さな森に囲まれていた。真子は思わず、駆け出した。中学時代の場面がいくつも頭に思い浮かぶ。

葉っぱの形の家は朽ちたりせず、ちゃんと呼吸をしていた。誰かが住み、家の手入れをしているのがすぐわかる。庭の横の車庫には車が収まっている。三人で遠巻きに家を眺めていると、自分たちと同世代らしき女性が庭に出てきた。三人に気がつくと、声をかけてきた。

「道に迷われましたか？　それとも井崎大山をお探しですか？」

「怪しげですみません。実は私たちの同級生が以前ここに住んでまして」

ひじりが答え、真子が付け加えた。

「今度、同窓会がありまして、その同級生の連絡先を知りたいのですが、わかりませんよねえ？」

そんな会話をしていると、カメラを持った男性も家から出てきた。

「ここを紹介してくれた不動産屋さんに聞いてみますよ。その方って、この家を建てた方のご家族ですよね。きっとわかるんじゃないかなあ。不動産屋さん、この家の歴史をしっかり把握しているようだから」

「ご親切にありがとうございます」

少し立ち話をした。彼らは夫婦で、東京から移住してきたという。名刺を交換した。男性の名刺には建築事務所の名前があり、女性の名刺には海沿いのホテルの名前があった。

ひじりと鈴子は都内で用事があるそうで、午後の早い時間に帰ってしまい、海斗は海に行った。真子はお茶を淹れ、力餅《ちからもち》をお茶請けに美津子さんとお三時を楽しんだ。

「今回も本当に助かりました」

「いえいえ、とんでもない。私もね、ここに来ることが生活の張り合いになってるとこあるから、いつでも呼んでちょうだいね」

「そのことなんですけど」

「何かしら？」

「お義母さん、いっそのこと、この家で暮らしませんか？　うちは多少ガタピシしてますけど、ご存じのように部屋は余ってます。正直なところ、私の担当する漫画家の作品が大ヒットして映画化になったりして、私これからものすごく忙しくなっちゃうんです。お義母さんに来てもらったら海斗も喜ぶでしょうし、私も安心です。たとえば、海斗が成人するまで。もちろん家賃も食費も要りません」

「でも、私は久郎の母親なのよ。息子はあなたを切り捨てたんです。そんな資格、私にはないんじゃないかしら」

「私と久郎さんが離婚しても、あなたは海斗のおばあちゃんなんですよ」

美津子さんの目に涙が溢れた。

## 4

葉っぱの家の現在の家主からメールが来て、健太郎の連絡先がわかった。隣街の藤沢に住んでいた。メールアドレスまではわからなかったので、電話番号を添えて真子の住所で手紙を出すと、すぐに電話がかかってきた。三人の予定が合った週末、鎌倉で会うことになった。

健太郎にクールだった頃の面影はなく、普通のおじさんになっていた。年齢より上に見えるかもしれない。一時期はサラリーマンだったが、今は父親が藤沢で経営していた家具店を継いでいるそうだ。すでに二度の離婚を経験しているという。中学生の時以上によく喋った。

「今はさ、別れたカミさんの娘と二人で暮らしてるんだ。カミさん、仕事の関係でアメリカで暮らしてんのよ。娘の希望で中学受験してるから、転校させせんのもなんだし、中学卒業するまではこっちってことで。これがもう別嬪《べっぴん》さんなのよ、おれに似て。なーんて、娘といっても連れ子だから、おれとは血はつながってないんだけどな。こんなちっちゃい時から暮らしてるし、血のつながりがあるとかないとか、おれは気になんないよ。これから向こうが気にしだすのかもしんないなあ。でも、もうすぐ別々になると思うと今からせつなくてさー。しかし、鎌倉はやっぱなつかしいな。うちの店、その昔は藤沢だけじゃなくて、鎌倉に二号店もあったんだよ。今なんかもうチェーンの家具店に押されっぱなしで大変だけど。むしろあの頃は二号店のがよく売れてたね。だから、うちの家族、鎌倉山に引っ越したわけよ。当時はまだバブル時代の名残があってそれなりに羽振り良かったから、親父がパトロン気分で建築家の好きなように作らせたんだ。だからあの家、妙な形になっちゃって、まあおもしろかったけどな。部屋と部屋の区切りがあんまなくてさ、お袋は文句たらたらだったよ。しかし、君たち、よくあの家のこと覚えてたねえ」

「まあねえ。なんかいいたくないんだけど、真子と私は、ほら、健太郎の親衛隊みたいなもんだったから」

「ひゅーう。そうだったっけ？」

「そうよ。だから、あんたが不良と付き合い出した時はショックだったなあ」

「不良？　ああ。あの子、きれいだったよなあ。今、どうしてんだろう？」

「知らないわよ。あんな子、友達でもなかったし」

「まだヤキモチ妬《や》いてんのかよ。もう三十年近く前のことだっていうのに。じゃあさ、今からでもおれと付き合う？」

「何いってんの。ひじりは今、ラブラブなんだから」

「へえ。それはそれは。彼氏、今度紹介しろよ」

ひじりはグラスを置いて、うなずき、少し緊張した面持《おもも》ちで告白した。

「いいよ。今度、連れてくる。彼氏じゃないけど。あのね、私のパートナーは女の人なの」

健太郎は一瞬だけ言葉を探したが、すぐに返事をした。

「なるほどー。で、美人？」

ひじりが何かいう前に真子はつい口を挟んだ。

「あんたって、変わらずバカね。いまだに女は顔とスタイルがすべてだと思ってるでしょ。もう一回無視してやりたいわ」

ひじりが高らかにいった。

「私のパートナーは顔も身体も心もスーパー美人だよ」

真子は健太郎を非難しつつも、彼が大袈裟な正論をぶったりしなくて良かったと思った。

鎌倉のお祭りに行きたがっていた鈴子を坂《さか》ノ下《した》の面掛《めんかけ》行列に連れて行くことになっていたので、健太郎も一緒に行くことになった。

九月になっても暑い日が続いた。面掛行列の日も、まるで八月のような蒸し暑さだった。

健太郎は、稲村ヶ崎の家に自慢の娘を連れてやってきた。確かに息を呑《の》むほどの美少女だった。海斗は明らかに意識していて、無口になり、彼女をちらちらと盗み見ている。健太郎は鈴子に会うなり、親しげに話しかけた。

「ひじりが、美人だって自慢してたけど、確かにおきれいですねえ。北川景子《きたがわけいこ》に似てるっていわれません？　いやあ、長澤《ながさわ》まさみかな？」

「どちらもいわれたことはないですけど、ありがとうございます」

ひじりは健太郎が鈴子にちょっかいを出すのを警戒して、何かとぴりぴりする。海斗と美少女は少しずつ会話がなめらかになっている。真子は自分だけがこの浮き足だった場面から疎外されている気がした。

美津子さんも一緒にみんなで海沿いの道を歩き、坂ノ下に向かった。

面掛行列は坂ノ下にある御霊《ごりよう》神社のお祭りで、十人の男性がお面を被って神社前の道を練り歩く。行列の最後から二番目がおかめの「孕《はら》み女」で、一番後ろが産婆《さんば》である。諸説あるが、源頼朝がお気に入りの村娘一族を出入りさせるのに、目立たぬようお面を被らせたことに由来するという説が多く流布している。といった概要を、ひじりは鈴子に解説した。

坂ノ下は人で溢《あふ》れていた。

祭りといっても、屋台などは一切ない。お面を被った人たちが練り歩くだけだ。おかめ役は腹に詰め物をしており、そのお腹を触るのが安産祈願といわれており、観客たちはこぞっておかめの腹を触りたがる。外国の大柄な男性や子供までもがおかめに群がっている。鈴子もおかめのお腹に手を触れ、はしゃいだ。

「私が妊娠することなんてないはずなのに、つい触っちゃった」

ひじりは目を伏せながらうなずいた。

以前、真子は二人だけの時、ひじりに聞いたことがある。鈴子を人生のパートナーとした場合、自分たちの子供は持てないけれど、それについては納得しているのかと。

「鈴子と私じゃあ無理だもん。納得もなにもないよ」

「私は詳しくはないんだけど、今の医学なら女性同士でも可能性はあるんじゃないの。そういえば、精子を買って自分たちの子供を持つ女性たちの話、うちの企画会議で出てたよ。お節介だけどさ」

「ほんとにお節介。詳しくないなら、いわなくていいよ」

笑いながらそういって、真顔になって続けた。

「まさか出産こそ女の幸せとか思ってないよね？」

真子は何も答えられなかった。

面掛行列の後、また海沿いを散歩しながら稲村ヶ崎の家に戻り、夕食に小花《こはな》寿司からちらし寿司の出前をとった。平らげると、美津子さんに美少女と海斗を託し、四人で長谷《はせ》のケルピーというバーに飲みに出かけた。店名は酒の妖精に由来する名から付けられたという。

窓際のソファ席に陣取り、健太郎はウイスキーの水割りを、鈴子はマティーニを、ひじりはすだちのカクテルを、真子はモヒートを注文した。バーテンダーは鮮やかな所作《しょさ》で四つのカクテルを作り、それらを供した。窓からは由比ヶ浜通りの突き当たりが見える。

「しかし、鈴子さんってきれいだなあ。男もいいなってもし思うことがあったら、即連絡くださいよ。ってか、ほんとに男に興味ないの？」

軽いノリの健太郎にひじりはもちろん、真子もいらっとした。悪いやつではないはずだが、このルッキズム丸出しのところはなんとかならないだろうか。けれど、鈴子はにこやかに応じる。

「私は、魅力的な人は男性でも女性でも仲良くなるし、好きにもなりますよ。でもねえ、セックスだけは女性じゃないとダメなのよねえ。別に理由なんてないけど」

真子はいった。

「まあ、私だって、理由はないもんね、男の人としたくなる理由」

「や、おれはあるよ。女の人としたくなる理由」

「なによ、それ」

「まずさ、どこ触ってもやわらかいでしょう。後は、いい匂いがするしさ」

健太郎がにやついた。それからひとしきり、その方面の話で盛り上がった。途中、ひじりが涙ぐんだ。

「どうしたのよ？」

「健太郎はバカっぽいけど、でも、私たちのこと否定はしないし、偏見もないじゃん。この間、私たちが腕を組んでマンションに帰ってきたら、上の階のマダムたちとエレベーターで一緒になったのよ。そしたら、マンション組合のミーティングで話題になったとかで、同性同士でカップルになるのはあなたたちの勝手だけれど、子供の教育によくないから、おおっぴらにしないでくれって言われたの」

ひじりはすだちのカクテルをあおった。鈴子はマティーニを飲み干し、テキーラを注文した。あの時は、単なる酒好きなだけだと思っていたが、強い酒をあおるのは彼女なりの防御だったのかもしれない。

ひじりから、SOSの連絡が入ったのは、十月の終わり頃だった。なんでも、マンションの上の階の人が風呂のお湯を出したまま出かけて、階下のひじりたちの部屋が水浸しになってしまった。ひとまずホテルに避難したが、これが続くのはきついので、ひじりは実家に避難することにした。鈴子を両親たちのもとに連れて行く自信がないので、しばらく稲村ヶ崎の家に泊めてくれないかという。

「散々迷ったんだけど、こんな非常事態で鈴子にこれ以上ストレスを与えたくなくてさ。もちろん家賃は払うよ。私もちょいちょい様子を見に行くから」

真子は二つ返事で承諾した。部屋は余っているし、人手があるに越したことはない。

「家賃なんていいよ。食費だけ入れてもらおうかな。うちは全然問題ないし、むしろウエルカムなんだけど、日本家屋の冬は寒いって伝えといて」

「サンキュー。マジで助かる。食費に光熱費もプラスしてね。それがさあ、その上の階って、例の文句つけてきたマダムなんだよ。なんか余計にムカつく〜」

翌日の夕方、真子が仕事から帰るよりも早く、鈴子はスーツケースを転がし、ビールとウイスキーを担いだひじりといっしょに稲村ヶ崎にやってきた。美津子さんが張り切って客間を掃除して、布団の準備もしてくれた。来客用の布団乾燥機まで買ってあった。ノズルだけで温まる最新のタイプだ。

真子が帰るとすでにみんな食卓についていた。めずらしくステーキが並んでいる。山盛りのレタスのサラダと人参のグラッセ、柿。美津子さんが弾んだ声でいう。

「こんなのは最初だけよ。明日は、そうねえ、コロッケにしようかしら。そうそう、鈴子さん、何か苦手なものはあります？」

「私コロッケ、大好きです。楽しみだわ。苦手なものは、お恥ずかしいんですけれど、ピーマンがダメなんです」

レタスのサラダは、細く切ったピーマンと大葉をお手製のドレッシングで和えた美津子さん自慢の一品だ。

「あら、やだ。これ、ピーマンが入っちゃってる。真子さん、これ除いてちょうだいよ」

真子が手を出そうとすると、鈴子が制した。

「私、お客さんじゃないんですから、やめてください。でも、苦手なものは苦手なので、自分で取り除いちゃいますね」

海斗が不思議そうな顔をする。

「え、鈴子ちゃん、お客さんじゃないの？」

「そうよ。今回はお客さんじゃなくて、そうねえ、居候《いそうろう》っていう立場かな。海斗くん、よろしくね」

そういってビールを飲み干したが、「お腹がいっぱいになった」といい、ステーキは半分しか食べなかった。ひじりが心配そうに声をかけた。

「鈴ちゃん、最近ご飯よく残すよね。大丈夫？」

「大丈夫だよ。ちょっとだけ食べ物が詰まる感じはあるんだけどね。飲み過ぎかな？」

「鈴子ちゃん、いっつもお酒飲んでんもんね」

海斗がいい、みんなが笑った。

鈴子はこんなふうに真子たちの暮らしに、さりげなく溶け込んでいった。時々、ひじりもやってきて、みんなでご飯を食べたり、外食に行ったりするけれど、真子が忙しくてそこに参加しないこともあった。二人は家賃の代わりといって、庭の落ち葉の掃除や放置してあったプランターの手入れをしてくれた。ひじりは、鈴子が使っている客間の簞笥《たんす》がガタピシしているといって、健太郎に直しにこさせたりもした。

水浸しになった部屋はなんとか元通りになり、今度は家具を揃え直すためにひじりは実家とマンションを行ったり来たりしていた。向こうの落ち度にもかかわらず、上階のマダムと顔を合わせるのが気まずいと、稲村ヶ崎の家に来ては愚痴をこぼしていく。ある夜、食事の後、そのままひじりも泊まっていくことになった。海斗も美津子さんも寝てしまった後、三人は居間でハーブティーとワインとナッツでまったりした時間を過ごす。ひじりと鈴子は、マンションについて話し始めた。

「なんか、あのマンションに戻るの面倒になってきた。どうせ来春に更新だから、もう出ちゃおうかと思って。鈴ちゃん、どう？」

「いいんじゃない。あそこは元々ひじりちゃんの部屋だから、好きにしてよ。もし引っ越すなら、鎌倉にしようよ。私も海のそばで育ったから、なんとなく落ち着くの」

二人の会話に真子は口を挟んだ。

「いいじゃない、それ。とりあえずうちに越してきたら？　それで、ゆっくり不動産探すのはどうかな」

「鎌倉かあ。うちの親にいいにくいなあ。まだ、鈴ちゃんのこと、認めてもらってないのに、すぐ近くで住むっていったら……」

真子はひじりの言葉をさえぎった。

「ちょっとぉ。悪いけど、ひじり、いい歳して親の顔色窺《うかが》い過ぎだよ。鈴子さんがかわいそう！　もっと自分たちに自信持ってよね。後ろめたいことしているわけじゃないんだし」

「あんたにレズビアンの気持ちがわかるわけ？　七十代になったうちの親に新しい価値観を理解しろったって無理な話で……」

「レズビアンだのマイノリティだのを理解させなくたっていいでしょう。自分と鈴子さんのことだけでいいのに、大きく考えすぎなのよ」

ひじりと真子の言い争いを黙って聞いていた鈴子が、やっと口を開いた。

「私たち、思い切って結婚式しましょうよ。あの鎌倉山の家に住んでいる人、ホテルでウエディングプランナーしてるっていってたじゃない？　入籍できなくたって、ウエディングパーティーはできるでしょ、私たちでも」

ひじりは、今にも泣きそうな顔になった。真子は興奮した。

「いいアイデアじゃん！　ドレス着て、写真も撮って、みんなにお披露目しようよ。あと、ケーキ入刀もね」

早速あの時に交換した名刺を探してアポを取り、週末に打ち合わせをしにホテルに行った。今村美春というその人は、女性同士のカップルのパーティーを企画するのは初めてだといい、喜んでくれた。

今村さんから、二人はそれぞれのドレスを当日までお互い秘密にしていて、パーティーで初めて見るのはどうかと提案があった。控え室も別々、着替えは本番直前、入場の時に初めてお互いの「花嫁姿」を見るという仕掛けだ。もちろん二人も真子もそれに賛成した。

「根っからのパーティー屋なもんで、すぐサプライズを考えちゃうんですよね」

彼女はそういって笑った。

ひじりと鈴子が一歩踏み出したのを見て、真子は自分も進もうと思った。離婚届に署名して、久郎に送った。三日後、久郎から「役所に出した」というＬＩＮＥが来た。あっさりしたものだなあと思った。真子は独身に戻った。

「ママとパパは夫婦じゃなくなっちゃったけど、永遠に海斗のママとパパだからね」

海斗に告げると、スマホを見ながら頷いた。

「クリスマスはパパもうちに呼んで、みんなでご飯食べようか」

「え？　いいよ、そんな無理しなくて。パパも気まずいでしょ。おれ、約束あるし」

「約束って誰とどんな約束よ」

「野暮用だよ」

野暮用というのは久郎がよく使っていた言葉だ。大抵詮索されたくない時に用いられていた。

「そんなおじさんみたいな言葉、やめなさい」

それだけいって、深くは追及しないように我慢をした。

クリスマスだけでなく、年末にかけて仕事が立て込んでいた。担当した『君がいない世の中は』が映画化になり、その封切りがある。映画の配給会社と一緒に大掛かりなプロモーションを仕掛けるのだ。

# 5

クリスマスイブは主演俳優二人と漫画家のトークイベントの立ち会いがあった。夜遅くはならないはずだが、念の為、家《うち》に来るひじりに頼んでクリスマスケーキを用意しておいてもらう。海斗が学校の帰りにどこかに寄り道するとしても、きっと夜になる前に帰ってくるだろうから。

『君がいない世の中は』は過去からやってきた光源氏《ひかるげんじ》が令和のロボットと恋をして、一旦は平安時代に帰るのだが、ロボットが忘れられなくて、クリスマスイブの一日だけ箱根で再会するというストーリーだ。タイムスリップものは数あれど物語のスムーズさは抜群、光源氏という想像しやすいキャラクターとロボットという未知のキャラクターの落差などがヒットの要因だった。今、人気上昇中の二世俳優が光源氏を、中国のガールズグループの一人がロボットを演じた。ボイスチェンジャーを通した機械的な日本語がせつなさをさらに醸し出していた。

漫画家は着物で出たいとのことで、控え室に着付けの先生を呼んだ。俳優たちは他のイベントがあるので、直前に到着する。真子が早めに控え室に入った時、スマホの画面には見知らぬ番号が通知された。

「もしもし」

「私、湘南《しょうなん》女子学院の教頭の村木《むらき》と申します。海斗くんのお母様ですか？」

「はい。そうですけど」

湘南女子学院といえば、健太郎の娘の美少女が通っている名門だ。嫌な予感がした。

「どのようなご用件でしょうか」

村木という男性は咳払《せきばら》いをしてから、こう告げた。

「実は、今日、海斗くんと私どもの白川《しらかわ》美波《みなみ》が学校をサボって箱根にいましてね」

「は、箱根？　中学生が二人で、ですか？」

「ええ。うちの卒業生が白川の制服を見て、驚いて学校に連絡をしてきたんですよ。大急ぎで私が駆けつけまして、ひとまず二人を学校に連れてきたわけです。いやあ警察に保護なんかされなくてよかった」

「ちょっと待ってください。箱根にいただけで警察に保護だなんて大袈裟すぎませんか」

村木はまた咳払いをした。

「二人は店でワインを注文したそうですよ。もちろん店側は断ったそうですが」

着付けの先生が入ってきた。真子はスマホで話しながら、着付けの先生に何度も頭を下げた。着付けの先生は不審そうな顔で荷物を置いた。

「お母様、すぐにこちらにいらしていただけますか？　白川の保護者も今、こちらに向かっております」

「えっ、これから？　それはちょっと……。私、今、仕事で六本木《ろっぽんぎ》におりまして」

「お仕事で六本木？　どういったお仕事で？」

「編集者をしております」

今度は漫画家が入ってきた。電話中の真子を見て、明らかに不機嫌そうな顔になった。下積みが長かった彼女は、常に自分が大切に扱われているか否かを気にしている。

「すみません。すぐに折り返します」

村木が何か喚《わめ》いていたが、咄嗟《とっさ》に切ってしまった。漫画家に挨拶をして、飲み物を用意して、着付けに入るまでの雑談に付き合った。着付けが始まると、廊下に出て、村木に掛け直した。

「あなたね、息子さんの非常事態になんなんですか？」

「本当に申し訳ございません。失礼いたしました」

「六本木から鵠沼《くげぬま》までですと、一時間以上はかかりますね。仕方がない。お待ちしております」

「いや……、あの、すぐには伺えないので、代わりのものに迎えに行かせます」

定休日でうちにいるひじりに行ってもらおうと考えた。美津子さんだとショックで狼狽《うろた》えてしまうだろう。

「代わりのものって、あなた何をおっしゃるんですか」

「一緒に住んでいる、信用できる人ですから」

「ご家族の方でしょうか？」

「血縁ではないですけど、家族みたいなもんです」

「おっしゃっている意味がわかりませんね。血縁でないなら家族ではないですよね？」

「でも、その人、家というか同じ箱の中におりますから」

「箱？　ますますわかりません。とにかく息子さんを迎えに……」

控え室から、真子を呼ぶ声がした。

「その人、岡村《おかむら》ひじりっていいます。彼女から連絡させますから」

電話を切ってすぐにひじりに連絡し、急いで事情を話した。

「OK。海斗のことはこっちでなんとかする。安心して仕事してきて。にしても、海斗、やるねー。『君がいない世の中は』のまんまじゃん」

ママのお仕事すごいじゃんといって、何度も原作漫画を読んでいたことを思い出した。思わず笑ってしまい、着付けが終わった漫画家に今あったことを話した。

「私が描いたデートコース通りに実行してくれるなんて、うれしいわ。今度、会わせてくださいよ」

そういった後、顔を引き攣《つ》らせた。

「私の漫画、まさか有害図書とかいわれたりしないわよね？」

「大丈夫ですよ」

イベントの間じゅう、気が気ではなかったが、ひじりから「無事、保護してきたよ。保護者ヅラして」というLINEがきて、ひとまず安心した。

どっと疲れが出て、帰りの横須賀線は久しぶりにグリーン車に乗った。缶ビールを飲みながら、なんていう言葉で叱ればいいのか叱らないほうがいいのか、久郎に連絡すべきなのか、あれこれと悩んだ。家に帰ると、みんなで和気あいあいとチキンを頬張っている。しかも健太郎と美少女までいるではないか。

「ちょっと、なんで健太郎までいるの？」

「学校でひじりと会ったからさ、四人で駅まで歩いているうちに、なんかそういう流れになったんだよ。でっかいクリスマスケーキあるっていうし、おれ、なんも用意してなかったから、便乗しちゃえって思って」

ひじりがいった。

「放課後に箱根に行っただけなんだから、いいじゃないよ。もう充分教頭先生に怒られてきたもんね。みんなで」

一気にいろんな感情が湧いてきて、真子は自分の気持ちがわからなくなった。自分があまりいい母親ではないということ以外は。海斗が訴えた。

「美波ちゃん、来年アメリカに留学しちゃうんだって。クリスマス一緒にいられるのは最後でしょ。だから、どっか行こうってぼくが無理やり誘ったの。だから美波ちゃんは悪くないよ。美波ちゃんも『君がいない世の中は』を読んでるっていうから、どうしてもあの漫画に出てきたとこに行きたかったの。全部、ぼくのせいなんだよ」

美波はすました顔をしていた。健太郎は海斗の頭を撫でていった。

「海斗、男らしいぞ。今は男らしいとか女らしいとかいうと叱られるけど、おじさんはこういう時に女の子をかばうことができる男はかっこいいと思う。大人になっても、それ貫けよ」

「『君がいない世の中は』のゲンジだって、二人が出会ってしまったのは自分がタイムスリップしちゃったから、自分のせいだっていってたじゃん。ねえ、ママ、今日映画の人たちに会ったんでしょう。どんなだった?」

美少女もその話を聞きたがったので、たっぷりと具体的にイベントのことを話してやった。美津子さんは、骨付きチキンのオーブン焼きの他、仔牛のカツレツ、温野菜のサラダやコーンスープなんかも作ってくれていた。みんなでそれを平らげ、大きなクリスマスケーキを切り分けた。いちごのショートケーキだった。

## 6

年明け、ひじりは水浸しから逃れた家財道具をトランクルームに預け、次の部屋が見つかるまでという約束で稲村ヶ崎に引っ越してきた。大きめの客間を鈴子と二人で使うことになった。二人がカップルであるということ、春にはウエディングパーティーをすることを美津子さんに打ち明けた。

「初めて会った時からあなたたち二人はきっと一対なんだろうと思ってましたよ。なんでしょう。理由はわからないんだけれど」

「三月のパーティー、出席していただけますか？」

「もちろんよ。でも、何を着てったらいいのかしら。あなたたちはもちろん純白のドレスよね？」

「はい、でも当日までお互いのドレスを見ないことになってまして。ドレスの打ち合わせだけは別々なんです」

「それはおもしろいわねえ」

二人の打ち合わせに付き添った真子だけは、それぞれのドレスを知っている。ひじりのウエディングドレスは光沢のあるシルク生地でシンプルなもの。襟《えり》ぐりが大きく開いているのとウエストの切り替えが交互に二重になっているのがポイント。鈴子は袖《そで》やスカートにたくさんのレースがあしらわれたもの。胸元の真珠のネックレスだけはお揃いのものを借りた。

三月最後の土曜日。鎌倉山の桜はまだ蕾《つぼみ》だったが、ホテルの会場には東北から取り寄せたという桜が所狭しと並んでいる。ひじりの両親は揃ってやってきた。二人とも着物で盛装している。美津子さんも着物だ。残念ながら鈴子の両親はコロナにかかってしまい、来られないとのことだった。

パーティーが始まる直前、控え室から出てきたお互いを見ると、それぞれ相手に見《み》惚《と》れていた。黙ったまま、感極まって相手を見つめ、そして抱き合った。いい場面だった。付き添っていた真子がパーティーの進行が気になり、二人に声をかけようとすると、ウエディングプランナーの今村さんがそっとそれを制した。

入場の曲はビヨンセの「Halo」。鈴子が大好きな曲だという。乾杯の挨拶はひじりが勤めるビューティーサロンの店長が務めた。健太郎も美少女を連れて出席した。みんなが二人の花嫁に注目する中、海斗は来月にはアメリカに行ってしまう美少女を見つめている。

スピーチは率直に戸惑いを話す人もいれば、用心深く言葉を選びそつなく話す人もいたが、テンプレ的なお仕着せの言葉はほとんどなかった。引き出物は鎌倉彫の小さなトレイと由比ヶ浜通りのパティスリーのチョコレート。

付き合いで出席した人は一人もいない。誰しもが二人を見守りたくてここに来たのだった。真子は最後のスピーチを頼まれていた。話しているうちに感極まって、途中からしゃくり上げてしまった。

「ママ、がんばって」

海斗が叫ぶと、会場じゅうが笑った。

真っ白なウエディングケーキには何の装飾もなく、それがかえって贅沢《ぜいたく》な印象だった。

ひじりと鈴子は、坂ノ下にあるヴィンテージ・マンションの内覧に行った。一九六八年に建てられたそのマンションはその頃最先端だったモダニズム建築だ。真子やひじりの同級生が住んでいて、二人で遊びに行ったことがあった。共有スペースには屋外プールがあって、昭和の子供たちは驚いたものだ。

二人は興奮して内覧から帰ってきた。鈴木屋酒店に寄って買ってきたという白ワインを開け、三人で飲み始めた。ひじりの声は弾んでいた。

「やっぱりあのマンションは今でも色褪せないね。というより、大人になった今の方が、よりかっこよく見える」

「プール、まだあるの？」

「あったあった。あそこに引っ越したら、夏は毎日泳いじゃおう」

「てことは、引っ越すの？」

真子が聞くと、ひじりではなく、鈴子が答えた。

「即決して、私名義で書類にサインしてきちゃいました。私たちの部屋は四階で、窓からは海が一望できるんですよ。ここを離れるのはさびしいですけれど、稲村ヶ崎から歩いて十五分ぐらいですもんね」

引っ越したら長谷の駅前か稲村ヶ崎かどちらで買い物するのか、お茶をするならこの店が近いか、ご飯ならどこに行くかなどと盛り上がった。ひじりは力餅家が近くになってうれしいといった。ひじりは子供の頃からあんこ好きで、特にここの春だけの草餅には目がないのだ。

マンションの正式な契約も済み、簡単な改修工事に入った頃、いつものように夕ご飯の後、三人で無駄話をしながら、その日はハイボールを飲んだ。まだグラスに並々と酒が残っているのに、鈴子が腰を曲げてトイレに駆け込んだ。ひじりは心配そうにいった。

「大丈夫かな。そんなに飲んでないのにね」

青白い顔をして出てきた鈴子は、なんともないと繰り返したけれど、翌日、ひじりが病院の予約をとった。

「私たちもそろそろ健康を心配しなくちゃならないお年頃だよ」

三人とも胃腸炎か何かぐらいのつもりでいたのだが、街のクリニックでは正確な判断ができないといわれ、鎌倉市内で一番大きな病院での検査を勧められた。ひじりは有給休暇を使って、付き添った。

結果は膵臓癌だった。ステージ4。

鈴子はそのまま検査入院になった。ひじりは目を真っ赤にしたまま帰ってきた。若いから癌が進行するのも速いそうだ。もはや手術をできる段階ではなく、検査の後は放射線の治療を受けることになるとのことだった。告知を受けた鈴子は、ぼうっとして何もいわなかったという。ひじりも何もいわず、退出時間が来るまでただ鈴子の手を握りしめていた。

「鈴子の病室を出たら、もう一度ドクターに呼ばれてさ、残された時間をできるだけ充実させてあげてくださいっていわれちゃった」

そこまでいうと、わあわあと声をあげて泣いた。残された時間って、鈴子はまだ三十八ではないか。人生百年時代というならあと六十年間はあるはずなのに。真子はできるだけ冷静でいるよう自分に言い聞かせた。これから派生するであろう煩雑なことはすべて自分が引き受けようと思った。ひとしきり泣いて、ひじりはいった。

「これ、現実なんだよね？」

翌日、ひじりの代わりに真子が鈴子の実家に電話をかけた。鈴子の家族と連絡を取るのは初めてだったので、この家にいる事情から今までのことを説明すると、鈴子の母親は冷たくいい放った。

「そげな娘はうちにはおらん。生きようが死のうが、勝手にしたらよか。だいたい神様に背《そむ》いたけん、病気になったとやなかね」

真子は何と返したらいいのかわからなかった。「自分たちを温かく見守ってくれる家族」は現実の反転だったのだ。真子は、根気よく何度も電話をかけたが、母親の態度は変わらなかった。

鈴子は花が枯れるように、衰弱していった。そして弱々しい声でいった。

「私、わりと何事にも執着がない方だと思っていたんだけど、もう少し生きたい。まだ死にたくない」

ひじりは毎日病室を見舞った。真子はもちろん、美津子さんや海斗、健太郎も交代で見舞ったのに、鈴子は一人の時に息を引き取った。明け方だった。やさしい人は周囲を悲しませないように一人の時に逝くと聞いたことがあるが、あれは本当なのだろうか。享年三十八。結婚式からわずか三ヵ月半後だった。自分たちだけで小さな葬式を出した。初めて人の死に直面した海斗は、葬式の間、中学生だというのにおびえた表情で真子の後をついて回った。

今は天草《あまくさ》を離れ、福岡に住んでいるという鈴子の姉がお骨を引き取りに稲村ヶ崎の家にやってきた。姉によれば、両親は子供の頃は鈴子をとてもかわいがっていたが、レズビアンだと告白された時の衝撃は大きく、鈴子は家を追い出されるように東京に行ったのだという。それから両親はうちには娘は一人だと自分たちにいい聞かせるようになった。

「何せ、田舎やけん。いや、田舎のせいやなか。うちの親は頑固いけん。怒るというよりか、理解できんとよ。いまだに」

結婚式の写真を見ながら、姉は涙一つ流さずにいった。

「家族とはそんなふうになってしもうたけど、あの子は幸せだったんやろうね。ひじりさんという方と出会えて、こんなことまでしてもろうて。本当にありがとうございます。お骨は私が父と母を説得して、うちのお墓に納めようと思うてます。ひじりさん、何せ遠かけど、四十九日にはいらしてくださいね」

ひじりは黙って頭を下げた。

今までいた人が一人いなくなっただけで、家の中はがらんとした空気が漂った。五人が四人になると、まるで半分いなくなったような気がする。当たり前だけれど、鈴子がいなくなっても、四人の暮らしはそれぞれに続く。

真子とひじりは二人で改修工事が済んだ坂ノ下のマンションを見に行った。主のいない部屋の窓からいっぱいに由比ヶ浜の海が見えた。

「結局、鈴ちゃんがこの景色見たのは内覧に来た時、一回きりだった」

「ううん、きっと空の上から見てるよ」

そういってから、真子はしまった、と思った。

「ごめん。きれいごといっちゃった」

「そんなことないよ。私も今、そう思ったもん」

「この部屋、どうすんの？」

「私の名義で契約し直して、引っ越してこようかな。いつまでも真子ん家にお世話になっているわけにはいかないし」

「うちは別にかまわないけど。むしろ、いてくれた方がうれしい。色々助かるし」

「生活って、なんだかんだ人手がいるしね」

「そうなのよ。さびしいとかそういうことだけじゃなくって。だから、一緒に暮らそうよ」

その日の夕飯は久しぶりにつるやの鰻重の出前をとった。真子は、取っておきの赤ワイン「オーヴァーチュア」を開けた。オーパスワンのセカンドである。美津子さんもそれを飲み、めずらしく酔っ払った。女たちが赤い顔で鈴子の思い出話をしていると、海斗がいった。

「ねえ、ママ、お願いがあるんだけど」

「なあに。新しいスニーカーだったら、ダメよ。この間、美津子さんに買ってもらったの、知ってるんだから」

「ちげーよ。あのね。僕もアメリカに留学したい」

「えっ」

思わず三人とも同時に声をあげた。

「カリフォルニアのハンティントンビーチに行きたい。サーフィンもっと上手くなりたいし、英語をしゃべれるようになりたいんだよ」

真子が啞然としていると、ひじりがいった。

「まず日本で中学を出てからにしたら？」

「えー、あと一年半もあるんだよ」

「そうよ。そんなのあっという間よ。ひじりのいう通りそれまで待ちなさい」

美津子さんがまだワインが残っているグラスを手にしたまま、さびしそうにため息をついた。

「海斗ちゃんがアメリカに行っちゃったら、私はこの家にいる理由がなくなっちゃうわねえ」

「そんなことないですよ。海斗がアメリカに行こうが結婚しようがここは海斗の実家で、あなたは海斗のおばあちゃんなんですから」

# 第三話　海外受精

かっこつけたいい方をするならば、幸洋《ゆきひろ》は魂の恩人だった。

あの夜、彼に出会わなかったら、自分はどうなっていたのだろうと花葉《かよう》は思う。自暴自棄になってとんでもないことをしていたかもしれない。なにかしでかさなかったとしても、心が死んでいたはずだ。

恋人の隼人《はやと》には自分以外にも恋愛相手がいた。部屋に落ちている茶色くて長い髪の毛、ジャケットから漂うイランイランの香り、苦手といっていたのに紅茶を頼むようになったり、頻繁にスマホが着信音をたて、その度に逃げるように場所を移動して画面に見入ったり、わかりやすい信号がいくつも出ていた。

やってはいけないと言われる二つのこと、相手のスマホを盗み見る、予告なしに部屋を訪ねる、そのどちらも花葉は実行した。やるなといっているのは、それで都合が悪くなる側の勝手ないい分だ。そんな理屈に屈したくない。

結果、LINEには甘いやりとりがあって、二人は週末に男の部屋で会う約束をしていた。クリスマス間近の土曜の夜、夜というか夜中に近い時間帯、わざわざ一番お気に入りのメゾン マルジェラのニットに着替えて、恋人のマンションまで行った。インターフォンで部屋番号を鳴らしても、応答がない。十五階の角部屋にあかりがついていることは確認済みだ。二度、三度、四度と鳴らしても同じだった。そのうち悩むのも面倒になり、事務的にインターフォンを鳴らし続けた。運よく住人かウーバーイーツの配達員でも通らないだろうかと思ったが、誰も来ない。何回目だったか、やっと彼があらわれ、共用玄関の外まで出てきた。パーカーからはまたもやイランイランの香りが漂っている。

「いい加減にしてよ。花葉のそういうとこ、もううんざりなんだよ。わかるでしょ？」

「そういうとこってなに？」

「いきなり夜の十一時にやってきて、無視してるってわかってるのにずっとインターフォン鳴らし続けるとこだよ」

隼人は吐き捨てるようにいって、小走りに戻っていった。玄関に置き去りにされた花葉があわててスマホで電話をかけると、すでに着信拒否にされていた。二年近く付き合ってきて、こんな仕打ちをするなんて、頭がどうかしたのではないだろうか。怒りが煮えたぎって、吐き気がしてきた。勢いに任せて、マンションの外壁を思い切り蹴ったが、壁にブーツの底の土がついただけだった。

とりあえず地下鉄に乗った。車両にいる自分以外の人がみんなうまく行っているように見える。そのまま帰る気にはなれなかった。自宅の三つ前の駅で降り、前に二、三度行ったことがあるバーに立ち寄った。カウンターにテーブル席が三席。カウンターの向こうの棚にはずらりと蒸留酒のボトルが並んでいて、カウンターの端にはビールサーバーがある。

こんな時はビールでは酔えるはずもない。ウイスキーの水割りを注文した。銘柄を聞かれたが、「なんでもいいです」と答えた。味わうためではなく、酔うために注文したのだから。一気に半分ほどを飲んだ。花葉を支配しているのは悲しみではなく怒りだった。

「大丈夫ですか？」

カウンターに座っていた男二人のうち一人が話しかけてきた。

「は？　どういう意味ですかっ？」

「いえ、あの、なんだか体調が悪いようですから」

「ムカついてはいますけど、体調は普通です。私、あなたたちになにかご迷惑をおかけしてますか？」

「いえいえ、そんな。うめき声がしたものですから、具合が悪いのかと思っただけなんです。失礼しました」

怒りのあまり無意識のうちにうなっていたようだ。話しかけてきた男は怯《おび》えた表情で、二人は会計を済ませるとそそくさと出ていった。グラスは空になっている。ウイスキーの水割りを頼んだが、薄くてすぐに飲み干してしまい、ロックで頼み直した。隼人の態度を思い出すと腹が立って、なかなか酔えない。すると、男が一人入ってきた。

「すみません。マフラーを忘れちゃって。急いで出ちゃったせいかな」

どうやらさっきの二人組のうちの一人のようだ。特に特徴のない中肉中背の男は、花葉を見て軽く会釈《えしやく》をした。

「私、そんなに変ですかね？」

「えっ。いや、そのう」

「あんなにそそくさと帰るなんて、まるで私が汚いものみたい」

いい終わらないうちに胃の中からいろんなものが込み上げてきた。あわててトイレに駆け込む。メゾン マルジェラのニットを汚さないように身体を丸め、思い切り猛獣のような声をあげた。自分の吐き出したものの臭いでさらに気持ちが悪くなったが、胃の中が空っぽになると、とりあえず普通に歩けるぐらいには回復した。頬を膨《ふく》らませて息を吐き出しながら店内に戻ると、さっきの男が突っ立っている。なにも人が酔っ払って吐いたところを待ち構えていなくてもいいのに。

「大丈夫ですか？」

「ええ。まあ」

「あのう、僕たちあなたを避けて急いで店を出たわけではないんです。もう一人のやつ、さっき余計なことをいった方ですが、あいつが終電を逃しそうだからあわてちゃっただけなんです。不愉快な気持ちにさせたのならごめんなさい」

「別にいいですけど。で、あなたは終電間に合うんですか？」

「僕は歩いて帰ろうかな」

「近いの？」

「んー。三、四十分ぐらいですかね」

カウンターの中の店員が花葉の前に水の入ったコップを置いた。男はまだカウンターの横に立っていて帰らない。水を飲もうとして、自分が誰かのマフラーを巻いていることに気がついた。胸元に垂れ下がった紺色のそれはところどころ汚れていた。

「あっ、もしかして、これって、あなたの？」

「そうなんですよ」

「どうしよう。汚しちゃった」

「いいですよ。返してもらえれば」

「さすがに、見知らぬ男性に自分が汚したマフラーをそのまま渡せないです」

「見知らぬ相手なんだからいいじゃないですか。帰ったら洗濯機に放り込みますから」

「そんなことしたら縮んじゃいますよ」

いいながら、花葉はマフラーの汚れた部分を内側にして丸め、バッグに突っ込んだ。有無をいわせず、洗濯をしてから後日に返す約束をした。男は阿部《あべ》幸洋と名乗り、花葉に言われるがままにスマホでLINEのQRコードを出したが、戸惑っているようだった。花葉はさっき投げつけられた言葉を思い出した。「そういうとこ、もううんざりなんだよ」、頭の中で音声が繰り返される。

「私、やっぱり強引ですか？」

「いやいや、そんなことは……。頼もしいですよ」

「はっきりいってくださいよ。私、うざいんでしょう？　私はこうしたいと思ったら、引かれるってわかっててもつい行動しちゃうんです。それが他人にはうっとうしいんですよね。はいはい、えええええ、わかってますってば。だって自分の人生だよ。他人に遠慮なんかするの、もったいないでしょう。それをうんざりとかいわれて、もう最悪ですよ」

「事情はわかりませんが、最悪だとしたらもうこれ以上悪くなりませんから、きっと大丈夫ですよ」

「はあ？　大丈夫とか無責任なこといわないでください。私ね、二年付き合ってた相手にさっき着信拒否されたの。着拒！」

「へえー。ほんとにいるんですね。僕、着信拒否とかしたこともされたこともないから、そんなの恋愛ドラマの中だけのことだと思ってました」

「何それ、自慢ですか？　私は四人に着拒されてて、十一人拒否してます。おかしいですか？」

「おかしくは……、ないですよ。ただ、僕の知らない世界ってだけで」

幸洋はコートを脱いで、ごく自然に花葉の隣の席に座り、白州の水割りを注文した。

「どうして着信拒否にまでなるんですか？　それだけ相手にこだわっているってことでしょう？　すごいなあ。本当にしている人に初めて会った」

この人はずいぶんと穏やかな世界に生きているらしい。けっこうなことで。

「わ、私はビール」

「まだ飲むんですか？　吐かない？」

「うるさいですよ。こんなこと、飲まないと話せないでしょう」

カウンターの向こうの店員はビールを注ぎながらも、心配そうな顔をして、恐る恐るグラスを差し出した。花葉はビールをちびちびと飲みながら、これまでのこととさっきあったことを話した。勢い余って、離婚経験があることまで打ち明けた。離婚の後はやけになってブランドもののバッグを買い漁ったことを、幸洋は適当に相槌を打ち、受け流しながら聞いていたが最後につけ加えるようにいった。

「僕もね、離婚は経験ありますよ。いろいろ面倒ですよねえ」

「あなたみたいな人でも離婚とかするんだ。意外～」

「あなたみたいって、僕のことまだほとんど知らないじゃないですか」

「まあそうなんだけど、今のとこ、人間関係の摩擦ゼロみたいに見えますよ」

「ちょっとショックだなあ」

「どうして？　摩擦だらけの私からしたら、うらやましい」

「なんだか、つまらない奴みたいじゃないですか。子供がいなかったから親権で争う必要はなかったけど、それなりに揉めましたよ、僕だって。でも、着信拒否はしてないなあ。もうお互い連絡もしませんしね」

今時、離婚なんてめずらしくはないかもしれないが、離婚経験者同士というだけで妙な親近感を抱いた。お互い前の結婚では子供がいないことも共通していた。

バーを出てから、それぞれタクシーで帰宅した。その日は疲れ果てて、すぐ眠りにつくことができた。バーでのあの時間がなかったら、きっと怒りが増殖し、朝まで眠れなかっただろう。

マフラーは家から一番近い白洋舎《はくようしゃ》に「素材別クリーニング」で出し、チョコレートの詰め合わせと一緒に幸洋宅に送った。白州をおいしそうに飲んでいたのでそれにしようかとも思ったが、酔って吐いて汚したもののお詫びにはそぐわないと考え、ピエール・エルメのチョコレートにしたのだった。きっとピエール・エルメなんて知らないだろうと思いつつ。

「拝受」とLINEが来て、そこには「ピエール・エルメのチョコレート、大好きです。ありがとうございます。機会があったら、また飲みましょう。その際はほどほどに。笑」とあった。幸洋の家はわりと近くだった。花葉はあまり深く考えずに連絡をした。夜になると元恋人への怒りと一人でいることのさびしさが襲って来る。誰かと話して気を紛らわせたかった。時々、近所のファミレスで会うようになった。

幸洋は派手ではなく地味すぎるというわけでもなく、人当たりがよく、すべてがほどほど、悪くいえば個性というものが見当たらなかった。男として意識していなかったので気軽に誘えた。ファミレスで会うのにメゾン マルジェラのニットを着る必要もなく、部屋着に近い格好で出かけた。ファミレス以外は居酒屋やピッツェリアにも行った。出会いの場所となったバーには、なんとなく照れくさくて行く気になれなかった。

花葉は幸洋に会う度に元恋人を罵《ののし》る言葉を吐き出し、なんとか自分を保つことができた。だんだん、あんな男どうでもいいと思えるようにもなれた。友人にそれを話すと笑われた。

「その人、ほとんどセラピストじゃない。無料の。ご飯代や飲み代ぐらいは払ってるの？」

「ううん。割り勘」

「えーっ。だって、その子、けっこう年下なんでしょう」

「多分ね。ちゃんと聞いてないからわかんないけど」

次に会った時、花葉が支払いを済ませようとしたら、幸洋はすんなりと奢《おご》られた。

そりゃあそうだよなあと思った。

なんのこだわりもなさそうに見えた幸洋だがコーヒーには一家言《いっかげん》あるとかで、自分が一番気に入っているという喫茶店に誘ってくれたことがある。その時、初めて昼間に会った。好きな豆を選ぶと店主がハンドドリップで淹れてくれる店で、幸洋はグアテマラのなんとかという豆のハンドドリップを注文した。

「同じ豆でも淹れる人によって、いや淹れる人のその日の精神状態や体調でもまったく違う味になるんですよ」

「そうなんだ。じゃあ私も同じものを」

供されたコーヒーは苦みもほのかな甘みもあって、角のないまろやかな味わいだった。ここの店主もきっと着信拒否などしたことがないタイプだろう。

「僕もここで豆を買ってハンドドリップで淹れているんですけれど、こんな雑味のないコーヒーにならないんですよね」

「へえ。今度飲ませてよ」

「まだ模索中なんで、他人に飲ませてもいいって納得できるようになったら」

もし気がある相手の返事だったら、やんわり拒絶されたのだろうかと深読みして気を揉むところだが、彼が相手だと、そのまま素直に「じゃあ、気長に待ってるね」といえた。

そんな関係が半年ほど続いたある日、幸洋がいった。

「連絡もらっても、こんなふうには出てこられなくなっちゃうかも」

「え、なんで？　まさか結婚するとか？」

「いやいや。僕、そんな相手なんかいませんよ」

笑いながらそういわれて、ほっとしている自分がいた。

「じゃあ、どうして？」

「引っ越すんです。海の見えるところに」

「海？　どこ？　お台場《だいば》とかあっちの方？」

「鎌倉です」

「かまくらぁ？」

花葉には縁のない地名だった。『海街diary』という映画は見たことがあったが、実際に訪れたのは小学生の時の遠足ぐらいだった。

「はい。友達が海の真ん前のマンションに住んでて、前からいいなーと思ってたら、転勤で空いちゃうんですよ。で、僕が引き継いで住むことにしたんです」

「いつ引っ越すの？」

「再来週の土日で」

「そんなにすぐ……」

「いい部屋なんですよ。家賃は手頃なのに。不動産情報に出ちゃうとすぐ埋まっちゃうから、内緒で紹介してもらったんです。だからすぐに決めてくれっていわれて、急に引っ越すことになったんです」

自分の生活圏内から幸洋がいなくなると思うと、谷底に突き落とされたような気持ちになった。

「私、困る……」

「え？」

「それに、コーヒーの約束だってまだじゃない」

「あ、そうですよね。もうすぐ納得いくドリップができそうです。最近、フィルターペーパーを先に湿らせて……」

コーヒーのドリップについてなにか語ろうとした幸洋の言葉を遮って、花葉はいった。

「勝手かもしれないけれど、あなたが気軽に呼び出せるとこにいてくれないときっと私、不安になる。さびしくなったら、どうしたらいいのかわからないよ」

「鎌倉なんて電車でも車でも小一時間で着いちゃいますよ」

「やだ。そんなの。歩いて二十分じゃなきゃ」

花葉は涙声になった。その涙が告白になった。

「僕も、花葉さんとしょっちゅう会えなくなるのはさびしいなあと思ってたんです。僕たち、気が合ってますもんね」

「週末は鎌倉に行っていい？」

「いいですよ」

「毎週？」

「は、はい」

こんなふうに幸洋と花葉は恋人同士になった。

週末の鎌倉通いは最初のほうこそ億劫《おっくう》だったが、慣れてしまうと湘南新宿ラインが楽しみになった。あちこち観光したい花葉とのんびり過ごしたい幸洋で衝突しそうなものだが、幸洋はうまく折れたりはぐらかしたりするので、喧嘩《けんか》になることはなかった。

二人は真逆だった。

iPhone の新しいモデルが出るとすぐに買い替えたがる花葉を幸洋は非難するわけでもなく不思議がった。一緒に買い替えに行こうと誘っても、まだ使えるのにどうして？　と返ってくる。海の前に住んでいるのだからマリンスポーツでもやったらいいのにというと、海は散歩するだけで充分と返ってくる。何事にもあまり多くを望まない。だからくつろげる。物足りなさを感じないといったら嘘だけれど、こんなに気を遣わなくていい相手は他にいない。今までの結婚や恋愛での摩擦や疲労がばかみたいに思えた。もう好きになった相手と戦わなくていいのだ。一つの言葉を深読みする必要もない。

幸洋は空気とか水みたいな存在。ライフラインだった。そして、自分は幸洋に足りないものを持っている。欲望とそれを実現しようとする意志だ。自分たちはいい組み合わせではないだろうか。

絶対に彼を逃してはいけないと思った。彼以上に自分をくつろがせてくれる人はいない。

出会ってから一年たった、ある週末。花葉は思い切って婚姻届を持参して、鎌倉に向かった。いつものように一緒に部屋から出勤する月曜の朝、忘れ物があるといって部屋に戻り、テーブルの上に婚姻届を置いてきた。これくらいしないと、鷹揚《おうよう》な幸洋との関係が前に進まないと考えた。もし躊躇されたら、すぐに引っ込めて何事もなかった顔で日常を繰り返し、タイミングを見計らってまた婚姻届を置いてくるという計画だ。幸洋との関係に駆け引きなんて不要だし、躊躇されたり拒否されたりしたらかっこ悪いなんて思う必要もない。

その夜、幸洋からLINEがきた。

——これ、鎌倉市役所に出しちゃっていいの？

——車庫証明じゃないんだから、もうちょっと驚いてよ

——笑。もちろん、びっくりしたよ。そうきたかーと思って

——一緒に出しに行きたいな

——ほーい。じゃあ今度の週末に。クリスマスには夫婦になってるってことだね

やりとりしながら、じんわり涙が出てきた。今度こそ失敗しないと心に決めた。花葉四十三歳、幸洋三十七歳、再婚同士。二度目だから慎重になる場合と二度目だから気軽になる場合があるそうだが、自分たちは後者に見えて、実は前者だと思う。

幸洋の前妻に子供はいない。市役所に行く道すがら、年齢的に自分では産んであげ

られないけれど、それでいいのかと改めて確認した。

「子供のことはどっちでもいい。いてもいなくても」

「それ、私に気をつかってない？　本当は欲しいんじゃないの？」

「そんなことないよ。それに、僕たちの家族が欲しいなら、養子縁組っていう方法だってあるじゃない。二人で働いて今の収入なら、経済的には大丈夫なんじゃないかな。最近は前より条件がきびしくないそうだよ」

「そんなことまで考えてるんだ。やっぱり欲しいんだね」

「違うよ。前の奥さん、身体的に妊娠がむずかしい人で、二人ともいないならいないでいいやって話し合っていたんだけど、その時に一応調べたの。不妊カウンセラーっていう資格があることもその時に知って、その人にも相談したんだ。いい人でね、親身になって考えてくれて、彼女の仕事の範疇《はんちゅう》ではないんだけれど、養子縁組のことまで解説してくれたりしてね。選択肢があると知っておくだけでも気持ちが落ち着くかもしれませんって。まあ、その養子縁組についてきちんと考える前に別れちゃったんだけど」

「養子縁組かあ。血が繋がっていなくても自分たちの子って思えるもんなのかなあ」

「さあね。わかんない」

愛情を持って接すれば自分の子供と同じように思える、なんてきれいごとをいわないのが彼らしい。鎌倉市役所に着いたので、話はそこで終わりになった。駐車場と建物を結ぶ通路の一角には堆肥《たいひ》が置いてあった。自由に持ち帰れるものだそうだ。

婚姻届を提出して、市役所の向かいにあるガーデンハウスでランチを食べた。「バナナ&ウォルナッツパンケーキ」と「鎌倉ハムステーキ」をシェアした。花菜はメイプルシロップが染み込んだパンケーキにハムステーキを載せ、「甘い」と「しょっぱい」を同時に味わった。幸洋は、それを欲張りとからかう。

「ねえ、幸洋はどうして離婚したの？　っていっても、離婚の理由なんて一つじゃないだろうけどさ」

「これっていう理由はないと思うよ。だんだんずれちゃったっていうのかな。向こうは最後の方、僕の受け身なとこがイライラするっていってた」

「ふうん。その人、見る目ないなあ」

帰りは海を散歩して帰った。空気の冷たさも心地よかった。

結婚をきっかけに二人でローンを組んで不動産を購入することにした。都内と鎌倉の両方で探し、候補に挙がったのは芝浦《しばうら》のマンションと鎌倉の築十三年の戸建てだった。芝浦のマンションは駅近で間取りも悪くはなかったが、戸建てには中庭があった。二人ともずっとマンション暮らしだったから、庭があるというだけでテンションが上がって、そちらに決めた。

引っ越しの際、要らない思い出に繋がるものはほとんど処分して、身軽になって鎌倉に引っ越した。

荷解《にほど》きが終わるやいなや大船《おおふな》のホームセンターに行き、大きめのプランターを買った。市役所で堆肥をもらい家庭菜園の真似事を始めた。土をいじっていると自分がまっとうな人になった気がする。土いじりにくたびれて夕方の散歩に出ると、犬の散歩をしている人が多くて驚いた。小柄な女性が大型犬の手綱を引いていたり、おじさんが小さな犬を何匹も連れていたり、美しい女の子がこれもまた美しい毛並みの高そうな犬と散歩をしていたり、犬と人間の組み合わせもいろいろだった。

共働きの自分たちには毎日の散歩なんて無理だし、他人の犬を遠くから眺めるぐらいがちょうどいいと思っていた。ところが会社の同僚に飼い主を探しているという犬の写真を見せられて、花葉は一目惚れしてしまった。まだ子犬の柴犬。小さな命が叫んでいるように見えた。おびえた表情、ぴんとたった尻尾、クラシックな茶色の毛並み、そして何より瞳が印象的だった。右目は黒いアーモンドのように完璧な形なのに、左目は大部分が潰れていた。

今までは犬に興味なんてなかったから、同僚が保護犬と里親を結ぶ活動をしていることを知らなかった。その犬は首輪をつけた状態で山道で保護されたそうだ。前の飼い主に虐待されていたのかもしれないと聞き、この子のために自分ができることをすべてしてあげたいと思った。清潔で快適な環境を用意して、餌もたっぷりあげて、安心して眠りにつかせる。そのためにどんなことをすればいいのか考えると、それだけで気分が高鳴った。幸洋に告げると、彼は子供の頃に家でプードルを飼っていたそうで、また犬を飼えることを喜んだ。

柴犬が身体を震わせながら我が家にやってきた時、花葉は天からの贈り物だと思った。自分が守ってあげないと生きられない存在の尊さ、それによって湧き立つこの気持ちは母性本能と呼ばれるものに違いない。

めずらしく幸洋も興奮して、子犬をそっと抱き上げた。

「君をいっぱいいっぱい愛してあげるよ。僕たちの愛情は全部君のものだよ」

犬には「ミー」と名付けた。

それからは生活がミー中心になった。毎朝、出勤前に散歩する。二人が出勤してしまう日中はミーが寂しがらないよう、毎日ドッグシッターに来てもらう。二人のうちどちらかが必ず夕方には帰宅して散歩。ミーにねだられれば、夜にもう一度散歩に出ることもある。

鎌倉では散歩に出れば数えきれないほどの犬とすれ違うが、花葉はお世辞抜きでミーのことを鎌倉で一番美しい犬だと思った。砂浜を走る姿は見惚れるほど、かっこい い。そして何より潰れた左目を愛おしく思った。

思い切り愛情を注いだせいか、最初は攻撃的だったミーも花葉と幸洋にはなつくようになった。しかし、見知らぬ人にすぐに吠える癖はなかなか直らなかった。

まだ暑さを引きずっている九月のある週末、稲村ヶ崎公園まで散歩に行った。週末の散歩では、幸洋がハンドドリップで淹れたコーヒーをポットに入れ、持ち歩く。景色のいい場所でそれを味わうのが恒例だった。

青空を背景にくっきりと江ノ島と富士山が見えた。

スマホを掲げる人、一眼レフを構える人がたくさんいる。うちでもカメラを買って、この景色やミーを撮るのもいいかもしれない。もう年賀状を出さなくなって随分経つが、ミーの写真で年賀状を作りたくなってしまう。そんなことを考えていると、ミーがカメラを構えている男性に吠え始めた。

「こら、ミーくん、だめよ。お写真の邪魔しちゃ」

花葉がなだめてもミーは吠えるのを止めない。すると、カメラを持った男性がいった。

「だめじゃないですよ。むしろワンちゃんを撮ってもいいですか？　このカメラ、手に入れたばっかりで被写体をさがしていたんです」

「もちろんです。こら、そんなに吠えないの」

「いいのが撮れそうです！」

そういわれて、誇らしい気持ちになる。シャッターを切る男性には見覚えがあった。

「あら、うれしい。あのう、もしかして、この間、由比ヶ浜駅前の中華の店にいらっしゃいましたよね？　なんていう店だったかな。先週の土曜日の夜。私たち隣におりまして、おすすめのメニューを教えていただいたんですけれど」

「ああ、あの時の。フェンロンですね。あの店に初めていらしたっていう」

「そうです。改めてありがとうございました」

少し立ち話をした。男性は今村朋希と名乗った。鎌倉山に住んでいるそうだ。一年ちょっとの間にいろいろな場所を楽しんだけれど、鎌倉山はまだ行ったことがなかった。

「ミーくんの目は……、お怪我ですか？」

「ええ、多分。というのも、この子は保護犬なんですよ。私たちのところに来た時はもう、こんなふうになっていて。きっと怖い思いをしたんでしょうね。私たちにはやっと慣れてくれたんですけれど、初めての人に対しては攻撃的になってしまって」

幸洋がリュックからポットと簡易コップを出し、朋希にコーヒーを勧めた。三人で公園の丸テーブルに沿って作られた椅子に腰掛けた。

稲村ヶ崎公園には石碑がある。それは「七里ヶ浜哀歌」の石碑だと朋希が教えてくれた。明治四十三年、逗子開成中学校の生徒十二人を乗せたボートが沖合で転覆、全員が亡くなるという事故があり、それを歌ったのが七里ヶ浜哀歌で、石碑にその歌詞が記されている。

花葉はいった。

「もし自分の子供がそのボートに乗っていたらって考えてみるだけで涙が出そう」

「ご両親は海を見る度につらかったでしょうねえ」

幸洋もいうと、朋希が続けた。

「ですよね。僕には子供がいないから、想像してみるしかないですが」

花葉はちょっと返答に困って、ミーをなでながらいった。

「ああ、私たちも……、いないですよ、子供。この子が私たちの息子みたいな存在なんです」

子供がいないことをつい否定的に受け止めてしまう自分が情けない。朋希たちが欲しくてできないのか、そもそも欲しくないのかはわからないのに。

二人は朋希を残して公園を出て、そのまま七里ヶ浜まで歩いた。

朋希とのやりとりで、最初の結婚のことを思い出した。

自分が子供を欲しいかどうかはわからなかったが、子供は結婚したら作るものだと思っていた。二年経っても妊娠しなかった。だんだん焦るようになった。夫の母親は顔を合わせる度に、子供はまだかと聞いてくる。仕方なく不妊治療を始めたが、夫は協力的ではなく、花葉が一人で奮闘した。検査をしても花葉には問題はなく、ドクターに不妊の原因は夫にあるかもしれないから、二人でクリニックに来るようにいわれた。慎重に言葉を選んで夫にそれを告げ、検査を受けて欲しいというと、夫は顔をこわばらせていった。

「花葉はなんだって他人のせいにするよね。こんな屈辱を受けたからには仕方がない。打ち明けるよ。かつて付き合ってた女性が妊娠して、彼女の意思もあって堕胎をしたという過去があるんだ。それでも、僕に不妊の原因があるっていうわけ？」

ショックでつい口調がきつくなった。

「だから、どちらか片方の問題ではないっていってるでしょ。とりあえず一緒に先生のところに行って欲しいだけなんだってば」

「僕の能力に問題がないのに、どうしてそんなことしなくちゃいけないんだよ」

それがきっかけでぎくしゃくし始め、どうにもこうにも修復はできなかった。夫婦仲が拗れた頃に、自分は子供がそんなに欲しかったわけでもなかったとはっきりわかった。結婚したら、妊娠して出産するのが女側の義務だと思い込んでいただけだ。

いくばくかの慰謝料をもらって離婚した。花葉は慰謝料でロサンゼルスに行き、ラスベガスのカジノで遊び、ブランドもののバッグを買い漁った。楽しくはなかったが、何か過剰なことをしないと自分を支えられなかった。その後、向こうはさっさと再婚し、双子の男女が生まれたと聞いた。

幸洋と出会う前、自分はいつも貧乏くじを引いているような気がしていた。

離婚の傷も癒えた頃、合コンで知り合った男と付き合った。女性の扱いに慣れていて、何事にもスマートなタイプだった。友達は口を揃えて、「元夫より、ずっとかっこいいし、イケてる！」という。すっかり有頂天になって、こりごりだと思っていた結婚を考え始めた頃、彼に他にも付き合っている女性がいることが発覚した。相手は花葉より六歳若く、妊娠しているという。花葉はどうしても彼を手放したくなかった。今度こそ、「幸せな結婚」というものを手に入れてみたい。

「その子を引き取って私が育てる。あなたの子供ならたとえ血が繋がっていなくても愛せる自信があるもん」

花葉がいうと、恋人は気味悪がった。

「無理に決まっている。彼女と僕のＤＮＡを持った子供なんだよ」

「私はそんなの気にしない」

「花葉のいっときの強がりで三人の、いや子供を含めた四人の人生を複雑にするわけにはいかないよ。わかって」

妊娠した相手は、花葉が知り合う前から彼と付き合っていたことを知った。つまり、自分の方が浮気相手だった。別れてから随分と経ってから、無事に女の子が生まれ、幸せな家庭を築いていると噂話で聞いた。

元夫や元彼の不幸を願いながら、日々を過ごした。そして、どうして私だけが妊娠しないのかが不思議だった。不妊治療で知られるクリニックでも、著作もいくつかある産婦人科医の医院でも、私の身体には問題ないといわれたのに。子供が欲しいという気持ちが足りないから、なんだろうか。

七里ヶ浜の海に出て、幸洋がミーとボール遊びを始めた。彼が投げたボールをミーが追いかける。捕まえて持ってくると、また投げ、追いかける。

こうして二人でミーを見守りながら、ゆっくり過ぎていく時間を噛み締め、歳を重ねていければ充分だと思った。相手に期待しては落胆させられ、その度に荒れていた自分はもういない。幸洋のおかげで、すっかり生まれ変われたように思う。相手の番号を着信拒否する時の絶望的な怒りをなつかしく感じるほどに。

幸洋のスマホが前よりも頻繁に着信音を立てるようになった。

「誰なの？」

「んと、仕事でお世話になっている人。同じプロジェクトで他社の人なんだけど、うちの会社のおじさんからセクハラ受けてるんだって。それでいろいろとね」

「ってことは女の人なんだ。どうして、幸洋に相談するのよ」

「そのおじさん、僕の部署の人だからねえ。このチーム、おじさんばっかかで同世代って僕とその被害者の彼女ぐらいなんだよ」

嫌な予感がする。花葉はしつこくその女性のことを聞き出した。会社の近くまでランチに来たこと、相談のお礼にとハンカチをプレゼントされたこと。彼女は独身で月島《つきしま》のタワマンに一人で住んでいること。

包み隠さず話してくれるのは信頼の証だし、やましいことはないのだろうが、聞けば聞くほど気に食わない。花葉は相手の会社のホームページのお客様相談窓口に匿名《とくめい》で書き込みをして、さらに総務部宛に匿名の文書も送った。

一ヵ月後、それとなく幸洋に聞いてみた。

「なんだか僕のこと、避けているみたい。まさか知らないうちに僕もハラスメント的なことしちゃったのかなあ」

「元々、男の人の行動に過剰反応するタイプなんじゃないの？　自意識過剰な女の子に時々いるじゃん」

「そんな人じゃないんだけど。どうしたんだろう」

もちろん幸洋には書き込みや怪文書のことは一生黙っているつもりだ。

しかし、いったん「この人も浮気するかもしれない」と思うと、気が気ではなかった。幸洋は誰にでも親切で、あてにされやすい。頼りがいがあるというのとは少し違うけれど、あちこちで相談されたり誘われたりする。いや、こういう状態こそが、本当の「頼りがい」なのかもしれないと幸洋を通して思った。自分がそうした彼の個性につけ込んで結婚まで持ち込んだものだから、花葉はどうしても疑心暗鬼になってしまう。

他社の独身女性はフェイドアウトしたものの、今度は町内会のマダムから頻繁《ひんぱん》に連絡がある。彼女の自宅には立派な桜やレモンの木があって、海をバックにそこで写真を撮る観光客が後を絶たないらしく、禁止の看板を出したいというのだ。ゴミ出しで顔を合わせているうちに、相談されるようになったらしい。幸洋はホームセンターに行って材料を揃え、角が立たない文言《もんごん》を考え、それらしいぶら下がり型の看板を作製してやった。単なるご近所さんのために。

マダムとのやりとりのＬＩＮＥを盗み見ると、「幸洋さんはお子さん、いらっしゃいませんよね？」とあった。お礼の品を選ぶために家族構成を確認しただけのことだが、それを見た花葉は落ち込んだ。子供がいないことが欠陥のように思えてくる。

マダムが自ら届けにきたのは立派な箱に収まった美しいフルーツケーキだった。鎌倉山の菓子店「ハウス　オブ　フレーバーズ」のもので、果物はラム酒に漬け込んで、仕上げにはたっぷりとコニャックを染み込ませてあるという。ケーキと一緒に赤ワインも持ってきてくれた。

「あたくし、これをワインやウイスキーのあてにするのも好きなのよ」

確かにそれはおいしかった。今までに経験したことのない、大人だけが味わえるケーキだった。自分たち夫婦に「お子さん」がいたら、マダムはこれを選ばなかったに違いない。味わいの衝撃とともに、くすぶっていた思いが一気に頭をもたげてきた。

二人の子供が欲しい。大人っぽいコニャックを染み込ませたケーキの味を知らずにいても、生クリームたっぷりの甘いショートケーキを子供と切り分けたい。

新しい年になり、松の内が明けると大学時代の友人である和子《かずこ》が鎌倉に遊びに来た。

和子は薬品メーカーの営業職をしていた。仕事先の医師と結婚後、三十七歳で出産して、それをきっかけに退職した。育児に追われる日々で、たまには羽を伸ばしたいと姑《しゅうとめ》に息子を預けてドライブにやってきた。車をテスラに買い替えたばかりだという。花葉もミーを幸洋に託し、彼女に一日付き合った。

鶴岡八幡宮にお参りに行き、材木座《ざいもくざ》のカラスミ蕎麦の店でランチをして、海岸線を葉山方面にドライブする。やや曇っていたが、それでも彼女は上機嫌だった。ブルーノ・マーズをかけ、鼻歌を口ずさんでいる。

「海ってサイコー。花葉は毎日この景色が見られるなんていいな」

「冬は海がきれいだよね」

彼女はほんの短い間だが、不妊治療で悩んでいた時期があった。夫のコネクションで情報は豊富だったから、名医と聞けば飛んでいき、カウンセリングや治療を受けていた。そのかいあって、一人息子を授かった。

途中、葉山ステーションに立ち寄った。高速の入り口近くにあるショッピングプラザで、葉山旭屋《あさひや》牛肉店や日影《ひかげ》茶屋、ブレドールといった地元の名店の出店や、地元の野菜や魚介類などの特産品がずらりと並んでいる。和子はあれもこれもと買い込んでいる。

花葉はアローカナの卵を一箱買った。アローカナは鶏の一種で、殻が薄青いことから「幸せの青い卵」と呼ばれている。黄身が大きく濃厚な味わいで、栄養価が高いという。

葉山ステーションの後は、海沿いのラ・マーレ・ド・チャヤに行った。行列ができていたが、五分も待たずに順番が来た。海が見渡せる窓際のテーブルに座り、二人ともコーヒーとケーキを注文した。

同級生の噂やお互いのキャッチアップをしていたが、だんだんと彼女の息子の話が多くなった。塾に行かせても家庭教師をつけても成績が上がらないと愚痴った。かといって、運動にもダンスにも音楽にも興味がないらしい。

「誰に似たんだか、出来が悪いのよ」

苦笑いをしてから、

「まあさ、つむじはほぼ父親なんだけど、爪の形もエクボも私そっくりだから、頭の中身も私譲りなんだろうなあ」

と続けた。

強烈にうらやましくなった。彼女には自分の分身がいるけれど、私にはいない、私にも分身が欲しいと思った。私と幸洋の分身が。

翌朝、炊《た》き立てのご飯にアローカナの卵で卵かけご飯を食べた。幸洋は喜んで、ご飯を大盛りでお代わりした。二杯目は卵にごま油をかけ、喜んでいる。花葉は昨日のことを話した。

「和子の愚痴を聞いてたら、年齢的にむずかしいのはわかってるんだけど、子供が欲しいなあって思っちゃった。私たちにはミーがいるって自分に言い聞かせたんだけどね。ミーはかわいいよ。でも、ミーはずっとミーのままでしょう。子供が欲しいのよね。どうしてなんだろう？　私は自分の子供と話がしたい、言葉を交わしたいのかなあ。それだけじゃなくて、私たちの生活を手渡せる相手が欲しいのかもしれない。あー、わかんない。理由なんて見つからないよ。私と幸洋の子供ってどんな顔してるんだろう、性格はどっちに似るんだろうとか考えると、欲しくて欲しくてどうしようもなくなるの。私、変？」

話しているうちに、涙があふれてきた。

「いや、変じゃないよ。女性にはきっとそういう欲求があるもんなんだろうと思うよ。そもそも女性とか関係ないのかもしれない。動物には本来、種を残したいという欲求が備わっているものなんだよ。でもさ、僕みたいに、その欲求がすっぽり抜けている方がきっとめずらしいんだよ」

「本当にすっぽり抜けているの？」

「僕はどうしたいこうしたいと思うことが苦手なの。向こうからやってきた運命をそのまま受け止めて生きていければいいなあと思ってる。だから、子供は僕にとって欲しいとか欲しくないなんていうものじゃないんだよ。こっちでそんなことを決めてはいけないものという感覚なんだ。花葉と知り合って、好きになって結婚して、その花葉が子供を欲しいというなら、それが僕の受け止めるべきものだと思うんだ。なんかこういうと、嫌々みたいに聞こえるかな。うまく説明できなくてごめん。でも、決して嫌々とかじゃないからね」

そういって、前の結婚の時に知り合った不妊カウンセラーの森末《もりすえ》さんに連絡をしてくれた。彼女は勤務していた産婦人科を辞め、独立して、自分のオフィスを構えていた。

気兼ねなく話せるように自宅にきてもらうことになった。森末さんはセミロングの髪を後ろで束ね、Tシャツにグレーのスーツ、足元は白い厚底スニーカーといういで立ちで現れた。

幸洋が張り切って、ハンドドリップでコーヒーを淹れた。

「相変わらず幸洋さんが淹れてくださるコーヒーはおいしいですねえ。前より腕が上がっているかも！」

森末さんがいった。花葉は自分の知らない幸洋の過去を想像して嫉妬し、それを知っている森末さんにも嫉妬した。

彼女のオフィスでは、不妊治療に限らず、子供が欲しいカップルすべての相談を受け付け、ケース・バイ・ケースで必要な対応を取っているという。クリニックにいるといろいろ制約があったが、今では自分の裁量で同性愛の方の相談にも乗れるようになったそうだ。

「お子さんが欲しいという方々の希望は可能な限り実現したいと思い、自分のオフィスを開きました。病歴や肉体的な理由、年齢、性的指向で子供を持つことをあきらめて欲しくないんです。私は海外にもネットワークがありますから、情報の速さと量、それに正確さには自信があります。この仕事、私の天職だと思っているんですよ。仕事というより、自分に与えられた使命、そんな気持ちで取り組んでます。ですから花葉さん、こんなことといってもいいのかどうかなんて迷わず、何でも私に話してくださいね。一緒に歩んでいきましょう」

心強い一方で、もう少し若い頃に本気で子供が欲しいと思えていたら、もう少し若い頃に幸洋と出会っていたら、もう少し若い頃に不妊カウンセラーの存在を知っていたら、とつい考えてしまう。これぱかりは年齢が重なれば重なるほど、可能性が低くなることは自覚している。

「たとえば、どんな方法があるんでしょうか。四十四歳でも子供を持つ方法って」

「その前に、お話ししておきたいことがあります。医療の進化は日進月歩で、今は望めばいろんなことが可能なんですよね。だからこそ、私たちは常に倫理を意識していなければならないと考えております。自分たちの哲学っていったらいいでしょうか。

大袈裟に聞こえるかもしれませんが、人としての正しさを忘れないように努めております」

「はあ」

花葉にはぴんとこなかった。矛盾しているように思えたのだ。幸洋はにこやかにうなずいている。

それから森末さんは、自分自身のことを話し始めた。彼女も三十代に不妊で悩んだ経験があった。まだ体外受精がめずらしい頃で、二度ほどそれに挑戦したが着床せず、自分で出産するのはあきらめた。パートナーと話し合い、タイの子供を養子縁組したそうだ。

花葉と幸洋は自分たちの卵子や精子の状態を知るために検査を受けることになった。不妊の原因は花葉にあると最初から決めつけていた元夫との違いに、それだけで安堵が込み上げてくる。今度は一人であたふたしなくていい。しかし、花葉は年齢的に自信がなく、医師によってそれを宣告されるかもしれないと思うと、気が重いのも事実だった。

森末さんが紹介してくれたクリニックを訪れた。結果、幸洋には何の問題もなかったが、花葉の卵巣および子宮の妊娠する能力はかなり乏しくなっているということだった。医師は感情を含まない口調で淡々といった。

「率直にいって、妊娠はまずむずかしいでしょう。そろそろ閉経されると思います」

四十四歳という年齢の現実を突きつけられた。会社ではまだ中堅社員のはずだが、産む生き物としてはもう定年退職の時期のようだ。

検査の後のミーティングで、森末さんから改めて養子縁組という選択肢を提案された。花葉は先日疑問に思ったことを尋ねてみた。

「森末さんはどうして日本で養子縁組しなかったんですか？」

「いろんなご縁が重なって、ですかね。タイに特別な理由はないんです。どちらにせよ自分たちの血を引いているわけではないんだから、日本の子でも外国の子でも変わりはないと思いまして。見た目が日本人らしいかどうかで子供への愛情は変わらないという考えでしたので。もちろん、これはあくまでも私たちの場合ですよ」

幸洋がいった。

「森末さんのお考えは尊重しますけれど、でも、妻はやっぱり自分たちの遺伝子を持った子供が欲しいんです。僕は妻の望みを叶えてあげたい。可能性はないんでしょうか」

森末さんは笑顔のまま、少し考えてから切り出した。

「でしたら、卵子提供を考えましょう。幸洋さんの精子を凍結して、若い女性の卵子と体外受精をさせて、花葉さんのお腹に入れて出産するという方法です」

それを聞いて、花葉は小さく叫んだ。

「ちょっと待ってください。私の卵子で体外受精するのではないんですか？」

「検査の結果では花葉さんの卵子では着床する可能性はかなり低いということでした。ご存じかもしれませんが、閉経間近だと体外受精そのものがむずかしい。そこで時間を食われてしまうと、幸洋さんの精子だって少しずつ衰えていってしまいますよ。ですから、卵子提供を受けるのが現実的かと思います」

決心がつかないまま、森末さんに連れられて東京のホテルで行われた説明会に参加した。東南アジアのとある国のクリニックが主催しており、年に二回、東京、名古《なご》屋《や》、福岡で行われているという。日本は婚姻関係にない男女の体外受精が解禁になっていないことから、彼らにとって日本はいい市場らしい。

説明会は豪華なランチ付きだった。宴会場を埋めているのは夫婦であろう男女がほとんどだが、カップルと思われる男性たちも二組参加していた。ブルーの制服を着た女性スタッフがあちこちにいて、パンフレットを配ったり、来場者を誘導したりしている。スタッフは皆真っ白い肌に茶色の巻き髪、似たような化粧をして見分けがつかないほどだ。スタッフの明るい笑顔とは対照的に来場者たちは切羽詰まった表情をしていた。

壇上の医師は時折日本語を交ぜながら英語で話し、通訳が急いでそれを訳した。のりのきいた白衣にブルーのシャツ、腕にはロレックスの時計。明るく快活で、自分に任せてくれればたいていの悩みは解決してみせると自信たっぷりにいった。男性同士のカップルの方を向き日本語で「あなたたちだって二人ともパパになれますよ」といい、英語でこう続けた。

「こんな顔立ちの子が欲しいと思う芸能人の写真を持ってきてください。私の国で、それによく似たお母さんを探してあげます。それと、私の弟は有名な美容整形の医者です。よかったらそちらにも親子で来てくださいね」

スタッフの笑い声が響く。来場者たちは黙っていた。

ランチのメインはヒレ肉のステーキだったが、そのほとんどが皿の上で乾いている。質問コーナーになっても誰一人として挙手をしなかったのに、終演後の個別相談では長蛇の列ができた。花葉と幸洋も最後の方に並んだ。順番が来て、事前に答えてあったアンケート用紙を差し出すと、スタッフがちらっとそれを見ていった。

「ええっとお望みはお腹じゃなくて、卵ちゃんの方ですね」

一瞬、何のことかと思ったが、代理母ではなくて、卵子提供を希望しているという意味だった。花葉が年齢の不安を告げると、医師はハリウッド映画のような大袈裟な否定の動作をした。

「なんの心配もないです。うちには、あなたの代わりにぴちぴちの卵子を差し出してくれる若い女性のリストがたくさんありますから。どういうお子さんをお望みですか？　顔立ちや体形だけじゃなくて、明晰な頭脳か、秀でた運動神経か希望を出してくだされば、そういう遺伝子を持った卵子を探しますよ。きっと見つかります」

体外受精した受精卵を子宮に移植するために、彼《か》の国に一週間ほど滞在する。妊娠した状態で日本に帰国して、実際の出産は自分で選んだ産院で行うという。それも森末さんがコーディネートしてくれるのだろう。

「ああ、でも」

医師は、いいことを思いついたとでもいいたげな軽快な口調で続けた。

「あなたのお腹に戻してもいいけれど、お腹も借りちゃった方が安心かもしれません。四十過ぎているしね。どうしても自分で産みたいというなら、止めませんけれど」

自分が望んでいたこととはずいぶん違う気がする。気に入らないことはすぐ口に出してしまうはずの花葉が黙っているので、幸洋はぎゅっと手を握ってくれた。こんなふうに強く手を包まれたのは生まれて初めてだった。

家に帰ると、ドアを開けるやいなやミーが飛びついてきて、散歩をせがんできた。疲れているはずなのに、急に元気が出る。いつにも増して、ミーの潰れた左目が愛おしい。

夕陽に照らされた相模湾を見ながら、今日のことを振り返った。

幸洋の遺伝子とはいえ見知らぬ若い女性の卵子と体外受精させた受精卵では、自分が「代理母」になるだけだ。そして、一生その遠い国の見知らぬ女性に嫉妬し続けることになるに違いない。やっぱり「自分たちの」遺伝子を受け継いでくれるのが自分たちの子供だと花葉は思うのだ。

幸洋はいった。

「僕の遺伝子だけっていうのもなんか不公平だし、不公平っていうのも変か。そこまでして子供を持たなくてもいいんじゃない？」

「私は幸洋の遺伝子をちゃんと世の中に残したいの」

「僕の遺伝子なんて、そんな大したもんじゃないよ。大谷翔平とか藤井《ふじい》聡太《そうた》じゃないんだから」

「どうしてそんなことというの。別にスポーツとか将棋とか、なんか世の中で評価されている人の遺伝子だけに価値があるわけじゃないじゃん。それじゃあ、結局さっきの医者と同じ発想になっちゃう。そんなの一種の優生思想だよ」

幸洋は何もいわなかった。卑怯だと思った。

後日、改めて二人で森末さんと会った。花葉が切り出した。

「いろいろしていただいたのに、すみません。私たちあきらめます。やっぱり自分たちの子供が欲しかったんです。うまくいえないけど、自分たちの結晶というか」

「そうですか……お気持ちはわかりました」

その後、少し考え込んでから、森末さんはいった。

「花葉さんは、どうしてもお二人の遺伝子を残したいという思いなんですよね」

「はい。でも、もうあきらめないといけないってよくわかりました。五十年後だったら、医療が進化してなにかしら方法があるのかもしれませんけど」

「それがですね、今でも方法はないことはない……、かもしれないんですよ」

いつもはきはきとした森末さんが言葉を選び、迷いながら話しているのがわかった。

「閉経間近でも出産できるんですか？」

「それとはちょっと違うんですけど、ドクター・チャウに会ってみましょうか」

「ドクター・チャウ？」

「ええ。香港出身のドクターで、現在は東欧のある国の医療機関で研究をされています。先週、Ｚｏｏｍミーティングで初めて紹介されました。妊娠におけるゲノム研究で知られた方だそうです。ここからは、ちょっとむずかしい話になりますので、わからないことがあればその都度質問してくださいね。まず、遺伝子というのは卵核に宿るものなんです。で、その卵核を成熟卵細胞から取り出し、別の若い卵子に移植して、その卵子を体外受精させるという方法に成功されたそうなんです。そうすれば、男女両方の遺伝子を残すことができるわけなんです」

「すみません。むずかしくて……。質問したくても、何を聞いていいのかわからないぐらい」

花葉にはさっぱりわからなかったが、幸洋がいった。

「遺伝子と卵子と子宮とがそれぞれ別の人のもので、すべてを合わせて妊娠出産をするってことですか？」

「大雑把《おおざっぱ》にいえば、そうなりますね。そうすれば、お二人の遺伝子を受け継いだ子供が誕生することになるんです」

花葉は会話についていけず、黙って幸洋と森末さんのやりとりを聞いていたが、可能性があるかもしれないと思うとうれしさがじわじわと湧き上がってきた。

「卵核と卵子が別の人だなんて、そんなことが可能なんでしょうか」

「ドクター・チャウがそれに成功しているそうです。私のクライアントを紹介するかどうか、まだ決めかねているんですが、来月、香港に帰国されたタイミングでその後に日本にもいらっしゃるとのことです。もしご興味があれば、問い合わせることはできます。ただ……」

「ただ？」

「果たして、それをしていいものかどうか、まだ考えあぐねているんです。こうしてお話ししておいて申し訳ありません。私たち人間の意思で遺伝子をこんなふうに扱っていいものかどうか」

幸洋が反論した。

「でもね、森末さん。体外受精だって卵子凍結だって、最初はみんなぎょっとしていたじゃないですか。今はわりと普通のことですよね。働いてる女性が三十代後半になれば、卵子凍結を考える人は少なくない。きっと遺伝子と卵子がそれぞれ別の人のもので生まれてくる子供も、きっと数十年後には驚かれることはなくなっているんじゃないですか。森末さんのそういうお考えは仕事柄必要だと思いますけれど、でも、人間の欲望の波には僕らは自ら飲み込まれていくしかないんだろうなあと思います。すみません、僕の単なる感想です」

森末さんは何度か頷きながらも、黙ってしまった。三人のカップのコーヒーは冷めてしまっていたけれど、それぞれにゆっくりと口をつけた。幸洋がハンドドリップで淹れたコーヒーは、冷めてもおいしかった。「淹れる人のその日の精神状態や体調で違う味になる」という、出会った頃に幸洋がいっていた言葉を思い出しながら花葉はそれを味わった。

森末さんが切り出した。

「ドクター・チャウの話を聞いてみますか」

幸洋が花葉の方を向いた。

「彼女が望むなら」

「世界でもまだ前例が少なく、子供の奇形発症率もわかりませんし、費用は相当なものかと思いますよ。それを承知の上で？」

「はい」

ドクター・チャウとの面会は森末さんのオフィスで行われた。彼女の事前の提案で、面会のすべてを録画することになった。ドクター・チャウはくすりとも笑わない初老の男性で、しかし、冷たい印象ではなかった。会話はすべて英語で、ドクターの通訳と森末さんが手配したこちら側の通訳が同席した。こちら側の通訳は、この日のために分厚い医学の資料を読み込んできたそうだ。

ドクターは研究機関とは別のクリニックを開設するそうで、もし花葉たちが望めばそこで受け入れるとのことだった。本来は億単位の費用がかかるが、研究の資料として経過を発表することを承諾すれば、十分の一程度で済ませることもできると提案された。体外受精をした後で出生前診断は可能であることも知らされたが、研究のサンプルだから堕胎は不可能だという。

ドクターの秘書には、あなたたちは歴史のクリエーターになるだろうといわれた。

花葉はすっかりその気になった。生まれてくる子が男でも女でもいいし、もし何かの障害があっても存分に愛情を注ぐつもりだ。ホテルの説明会で、条件に合う見知らぬ誰かの遺伝子を探してきてあげるといったあの医師に我が子を見せてやりたいと思った。

幸洋はいった。

「花葉が望むなら、その歴史のクリエーターとやらになってみたらいいんじゃない」

幸い鎌倉の不動産の価格は上昇していて、まだ一年間しか住んでいない家を売れば、ローンの残りを払っても、ドクター・チャウと森末さんに支払う金は捻出できた。急いで旧市街の犬が飼えるアパートを探し、ミーと一緒にそこに引っ越した。部屋から海は見えないし、家庭菜園もできないけれど、花葉の心は希望に満ちていた。幸洋は淡々と新しい生活を受け入れた。

梅雨の終わり頃、いよいよ東欧に出発する日になった。

朝食はアローカナの卵かけご飯、豆腐のおみおつけ、きゅうりの糠《ぬか》漬け。花葉は卵に醬油《しょうゆ》をかけながら、つるんとした黄身をじっと見た。この黄身の中にも卵核があって、遺伝子が存在しているのか。アローカナの黄身の味は相変わらず濃厚で、おいしかった。

二週間ほど留守にするので、ドッグシッターがミーを預かりにきた。ミーはすっかり彼に懐いているので助かった。ドッグシッターには渡航の目的は話していない。

「ご旅行、楽しんできてくださいね」

そういって、ミーを連れて行った。

羽田空港はすでに夏休みの混雑が始まっていた。楽しげなざわめきが遠いところのお祭りのように聞こえ、何度となく出張や旅行で利用したことがある空港は、いつもと違って見えた。まるで未完の未来都市のように見える。

歩きながら、花葉はいった。

「やっと私たちの遺伝子を持った子供ができるんだね。信じられないよ」

「まあね」

「まあねって、何そのいい方。うれしくないの?」

「花葉がうれしいなら、僕もうれしい」

二人でカフェテリアに入る。ティーバッグのシナモンティーはあまり味がなく、色付きのお湯を飲んでいるような気がする。隣の家族連れはサンドイッチやケーキを食べながら、はしゃいでいて、小さな男の子は子犬のぬいぐるみをぶん回していた。それを目にして、花葉はいった。

「かわいそう、あんなに振り回して」

幸洋が笑い、花葉は続けた。

「犬のぬいぐるみを見ただけで、ミーを思い出しちゃった。二週間も離れ離れで大丈夫かしら。まさか前に戻って、私たちのことも敵だと思ったりしないかなあ。帰国したら、たくさんかわいがってあげないとね」

幸洋がぽつりといった。

「遺伝子ってそんなに大事なのかなあ」

「え？　なんで今更そんなことというの？」

「他人が飼っていたはずのミーをあんなにかわいがっているのに、血のつながりにこだわるのが不思議でさ」

テーブルには二人のパスポートが置かれている。ざわめきの向こうに搭乗のアナウンスが聞こえたが、花葉は席を立つことができなかった。

# あとがき

少子化が深刻な問題になって久しく、解決するどころか加速しているというのに、『私、産まなくていいですか』などというタイトルの本を刊行するのは勇気が要りました。

産む人の紆余曲折や喜び、もしくは産めない人の葛藤や悲しみは度々物語になるのに（私もしてきました）、産まない人の声を聞く機会は圧倒的に少ない。産む人、産めない人、産まない人のマウンティングもよくある話です。

今の世の中、母親になることに興味がないなんていいにくいし、産まないことに後ろめたさを感じている人もいたりしますよね。ですが、産みたい人はもちろん産めばいいいし、そうでない人は気にする必要なんてないはずです。だって出産はあくまでも個人のものですから。国や世の中のために子供を作るわけではない。そもそも何かの目的を持って作るものであってはならないはずです。

ＳＮＳで「出産経験のない女性の作家の作品は信用していない」といった発言を目にしたことがあります。投稿主は女性です。

この「産む産まない」シリーズ、まだ書き続けていかなくてはと強く思いました。

二〇二四年二月

甘糟りり子

謝辞

本書の執筆にあたり、貴重なお時間をいただき、取材に応じてくださった皆様に心より感謝いたします。ありがとうございました。

黒沢祐子氏、松本レディースＩＶＦクリニックの松永久美江氏、矢島緑氏、山下湘南夢クリニックの山崎友希子氏、リビエラ逗子マリーナ様（五十音順）ほか皆々様。

二〇二四年二月八日

甘糟りり子

本書は文庫書下ろし作品です。

|著者| 甘糟りり子　1964年、神奈川県生まれ。玉川大学文学部英米文学科卒業。ファッション、グルメ、映画、車などの最新情報を盛り込んだエッセイや小説で注目される。2014年に刊行した『産む、産まない、産めない』は、妊娠と出産をテーマにした短編小説集として大きな話題を集めた。ほかの著書に、『みちたりた痛み』『肉体派』『中年前夜』『マラソン・ウーマン』『エストロゲン』『逢えない夜を、数えてみても』『鎌倉の家』『鎌倉だから、おいしい。』『バブル、盆に返らず』などがある。


私《わたし》、産《う》まなくていいですか

甘糟《あまかす》りり子《こ》



講談社文庫

定価はカバーに
表示してあります

2024年3月15日第1刷発行

発行者──森田浩章
発行所──株式会社　講談社
東京都文京区音羽2-12-21　〒112-8001
電話　出版（03）5395-3510
　　　販売（03）5395-5817
　　　業務（03）5395-3615

KODANSHA

デザイン─菊地信義
本文データ制作─講談社デジタル製作
印刷───株式会社KPSプロダクツ
製本───株式会社国宝社

Printed in Japan



ISBN978-4-06-535066-9

# 講談社文庫刊行の辞

二十一世紀の到来を目睫に望みながら、われわれはいま、人類史上かつて例を見ない巨大な転換期をむかえようとしている。

世界も、日本も、激動の予兆に対する期待とおののきを内に蔵して、未知の時代に歩み入ろうとしている。このときにあたり、創業の人野間清治の「ナショナル・エデュケイター」への志を現代に甦らせようと意図して、われわれはここに古今の文芸作品はいうまでもなく、ひろく人文・社会・自然の諸科学から東西の名著を網羅する、新しい綜合文庫の発刊を決意した。

激動の転換期はまた断絶の時代である。われわれは戦後二十五年間の出版文化のありかたへの深い反省をこめて、この断絶の時代にあえて人間的な持続を求めようとする。いたずらに浮薄な商業主義のあだ花を追い求めることなく、長期にわたって良書に生命をあたえようとつとめるところにしか、今後の出版文化の真の繁栄はあり得ないと信じるからである。

同時にわれわれはこの綜合文庫の刊行を通じて、人文・社会・自然の諸科学が、結局人間の学にほかならないことを立証しようと願っている。かつて知識とは、「汝自身を知る」ことにつきていた。現代社会の瑣末な情報の氾濫のなかから、力強い知識の源泉を掘り起し、技術文明のただなかに、生きた人間の姿を復活させること。それこそわれわれの切なる希求である。

われわれは権威に盲従せず、俗流に媚びることなく、渾然一体となって日本の「草の根」をかたちづくる若く新しい世代の人々に、心をこめてこの新しい綜合文庫をおくり届けたい。それは知識の泉であるとともに感受性のふるさとであり、もっとも有機的に組織され、社会に開かれた万人のための大学をめざしている。大方の支援と協力を衷心より切望してやまない。

一九七一年七月

野間省一